夜

赤川次郎

角川文庫
21149

目次

1 地震

玄関のドアが閉る音で、男が帰って行ったことを知った。

眠っちゃいけないんだわ、と辻原桂子《つじはらけいこ》は思った。起きて、シャワーを浴びて、ちゃんと服を着ておかなくちゃ。

時計はその部屋にはなかった。窓のない、狭い四畳半で、使いようがないので、タンスやファンシーケースが並べてある。

いわば納戸のような部屋だった。時計など必要もないわけだ。

二畳分もないくらいの隙間に、マットレスを敷いて、その上に桂子は汗ばんだ体を横たえている。

狭い空間には、男との情事のほてりが、まだ漂っているようで、少し息苦しかった。

もちろん、ここは寝室でも何でもない。寝室は二階で、隣の家の窓と、ほんの二、三メートルしか離れていないので、浮気の場所としては不適当だった。

実際、夏の暑い夜など、開けた窓を通して、隣の夫婦の、派手な声がつつ抜けになって聞こえて来るのだ。

ぴったりと窓を閉め、カーテンなど昼間から引いたのでは、浮気していますと大声で叫んでいるようなものである。となると、この小さな建売住宅の中では、この、中途半端な部屋しかない、ということになるのだ。

でも、この小部屋は悪くなかった。襖《ふすま》を閉めてしまうと真っ暗になり、しかも狭い場所で抱かれているという圧迫感、息苦しさが、逆に浮気らしいスリルを感じさせてくれた。

今は襖が半ば開いているので、廊下から明りが射していた。

桂子は裸のままマットレスに仰向《あおむ》けになって、天井を見つめた。——タンスが、まるでのしかかって来るように見える。

今、ここに夫が帰って来て、ヒョイと顔を出したら、どうなるだろう、と桂子は考えておかしくなった。——何と言いわけしようか？

「美容体操してたのよ」

とでも言うか。

あれだって、一種の美容体操と言えないこともない。あの人はきっと、

「大変だね。邪魔しちゃったかな」

と、すまなそうな顔をするに違いない……。

——でも、そんなことになるはずはない。今夜も帰りは遅いはずだし、たとえ五時に会社を出ることがあるとしても——ここ五年近く、一度もそんなことはなかったが——この家へ帰り着くのは七時半になる。

今はまだ三時か……四時にはなっていないはずだった。

しかし、夕食の仕度がある。どうせ一人で食べるにしても、八時からはゆっくりTVが見たかった。そろそろ起きて仕度にかかってちょうどいいころだ。

そう思いながら、桂子は、なかなか起きる気になれなかった。今日は、あの男は一段と激しく彼女をかき抱いて、彼女をぐったりするほど疲れさせた。

頭の芯《しん》まで、まだ痺《しび》れている感じで、起き上ろうとしても、体の方が言うことを聞かないのである。

いいわ。そうあわてることもない。

少し、空気が入れかわったのか、体のほてりがさめて来るのが分った。

この小部屋の、もう一つのいい所は、すぐ目の前が洗面所で、その奥が浴室になっていることだ。誰にも見られずに、浴室へ行って、シャワーを浴びることができる。

ほんの二、三分で済むことだ。あわてなくたっていい……。

桂子は目を閉じて、情事の匂いを吸い込んだ。――夫からは味わったことのない、陶酔の時を、もう一度体験しているような気になった……。

パラパラと、何か砂のようなものが、顔の上に落ちた。

「いやだ――」

顔を振って、手でそれを払いのける。「本当に安普請なんだから！」

体が左右に揺さぶられていた。――錯覚かしら、と思った。

一瞬、静かになった。

今のは……地震だったのかしら？

桂子はマットレスの上に起き上った。――そのとき、巨大な揺れがやって来た。


この五年間、一度もなかったことが、この日に限って、実現していた。

辻原道夫《みちお》は、バスを降りて、家への道を辿《たど》っていた。――まだ三時十五分だ。明るい中で、自分の住む町をあまり見たことのなかった辻原は、まるで見知らぬ町へと足を踏み入れているような気がした。

歯の痛みは多少おさまっていた。――ともかく、朝の電車の中で痛み出した歯は、会社に着いて、時間がたつにつれてますますひどくなって、まるきり仕事が手につかなくなってしまった。

我慢できずに、昼休み、歯医者に駆け込んで処置してもらったものの、痛みは一向に軽くならず、ついに諦《あきら》めて、早退して来たのである。

いくらか軽くなったとはいえ、やはり歯の痛みは気がめいるものだ。ゆっくりと家へ向いながら、空を見上げると、重く、どんよりと雲が敷き詰められていて、ますます足取りも重くなった。

辻原道夫は三十八歳だった。中規模な鋼板の卸業者に勤めて、十五年になる。

生来、おとなしい、気弱な性質で、ワンマンの社長にはあまり受けが良くなかった。営業部員としては、多少は強引にでも、注文を取って来なくてはならないのだが、辻原にはそういう真似ができない。

断られれば、素直に引きさがって来る。酒で接待しても、相手を陥落させようという熱意はなかった。

社員の数が少ないので、受持ちが広く、仕事は多かった。夜七時頃になって、やっと会社へ戻り、残務を片付けて、帰るのは九時頃である。家に帰り着くのは十一時、遅ければ十二時近くになった。

その割に、成績はそう上らないので、歩合給は少なく、給料はあまり良くなかった。妻の桂子から、いつも文句を言われているが、辻原としても、反論はできないのだった。

桂子は六歳下の三十二で、営業に回った会社にいた女の子だった。ふっくらとして、可愛い、色白な娘で、よく大声で笑った。

辻原は三十になったばかりで、桂子は二十四歳。――半年ほどの交際で結婚した。

今は、ただ別れるのも面倒だし、その金もないから、一緒にいるというだけだ。

子供もなく、帰宅しても、たいてい桂子は先に寝ていて、話もしないことが多かった。

辻原も、時々は、どうしてこんな風になったのだろう、と考えることがあった。しかし、最近悟ったのは、こうなることに何の理由もいらないということだった。こうならないようにしない限り、自然にこうなるのだ。

とはいえ、辻原としては、桂子を責める気にもなれない。こんな山の中の建売住宅に住んで、昼間は一人でTVを見て、近所の奥さんとおしゃべりをして、都心へ出るでもなく、ただ漫然と日々が過ぎていくのだ。

桂子がにこりともしなくなるのは当り前のことだった。

「全くひどいことになったもんだ……」

と、辻原は口の中で呟《つぶや》いた。

橋が見えて来た。

辻原の家は、この橋を渡って、道を少し上ったところにある。

電車の駅にしても、都心へ一時間半はかかる、小さな駅で、しかも、そこからバスで二十分――バスも昼間は一時間に一本、朝と夕方で一時間に三本しかない――乗り、さらにバス停から十五分も歩くのだ。

もう、すっかり山道という感じだった。

橋を渡って、しばらく行くと、自転車でやって来る、柏木《かしわぎ》老人の姿が見えた。

「やあ！　早いね、今日は」

と手を上げて、声をかける。

「虫歯でね」

と、辻原は、必要最小限の答をした。

「そりゃ気の毒に」

と、カーデガン姿の元気な老人は、自転車を止めずに、下り坂に任せて橋の方へと降りながら、「――わしのように総入れ歯にすりゃいいんだよ！」

と大声で言って笑った。

辻原は振り向いて、手を振った。

「元気だな」

と呟く。

柏木老人のおかげで、辻原も少し気持が軽くなったようだった。――実際、遠路はるばるとここまで辿り着いて、元気な顔で玄関に入れと言われても、無理な話だった。

あの家を買ったときは、売主の不動産屋によれば一年以内にバスの定期路線が開通し、道の舗装も終る。下水道も完備、橋を挟んで、両側に商店が並んで、スーパーマーケットも進出して来るという話だったのだ。

ところが、半年とたたない内に、その不動産屋は潰《つぶ》れてしまった。

約束は総《すべ》て空手形だったと分っても、辻原にはどうすることもできなかった。――桂子には散々いやみを言われたが、ともかく、とどまるしか方法はなかった。

山を切り開いた、一画に、十五軒の建売住宅が、心細く身を寄せ合っている。奇妙な光景となってしまったのである。

道は、三年たった今も、舗装されていない。雨のときは、泥だらけの道となる。

「あの橋が流れたら終りだな」

と、よく冗談に話すのだが、それは事実だった。

川の水は少なく、しかも、相当の高さがあるから、水が溢《あふ》れる心配はなかったが、しかし、万一橋がなくなったら、山の中の、この〈町〉——と、住人たちは呼んでいた——は、孤立してしまうのだ。

まあ、幸い、今のところそんなことはないし、ガスはプロパン、水は地下水をくみ上げて使っているが、不便はなかった。

買物は、あの柏木老人のように、自転車で橋の向うの、バス停の近くまで行って、そこのスーパーで済ませていた。

もっとも、今日のように、雲っていても雨が降らず、そう暑くも寒くもない季節はいいのだ。

真夏や真冬。雪でも降ると、ひどいことになる。だから、みんな行ける日に行って、できるだけ保存のきく物を買いだめしておく習慣になっていた。

道は、ゆるくカーブしていた。ここを曲ると、家が見えて来る。ホッとする一瞬であった。

何気なく、振り返ると、橋が小さく見えている。——柏木老人が、橋の真中で自転車を止めて、何やら眺めているようだった。

定年で退職して、呑気《のんき》な生活を送っているあの老人を見ると、時々、辻原は羨《うらやま》しくなる。

まるで、自分が五十歳を越えているような気さえして、なぜ定年がまだ来ないのだろうか、と考えることがあった……。

さて、行くか。

歩き出しかけて、辻原は、急に足がもつれるのを感じた。

何だ？――おかしい。別に酔っているわけでもないのに。

地面が揺れたのだ、分ったときは、もう静かになっていた。

「地震か……」

いやだな、と思った。――自分が踏みしめているこの大地が揺らぐというのは、不安だった。

早く帰ろう、と歩き出したとき、突然、辻原は投げ出された。大地が狂ったように踊っていた。唸《うな》りを上げて、踊っていた。


「ただいま」

玄関で元気な声がした。

「お帰りなさい」

台所から、川尻容子《かわじりようこ》は返事をした。

ポン、ポンと二つ音がした。

「何かおやつ！」

と、ランドセルをしょったままの、みゆきが台所へ駆け込んで来る。

「みゆき、靴はちゃんと脱がなきゃだめじゃないの！」

「はあい」

「手を洗って。ランドセルぐらいおろして来なさい」

「うん」

みゆきは、奥の部屋へ入って行った。ドスン、と音がして、ランドセルは机の上に放り投げられたのである。

出て来て洗面所へ行くと、三つも数えない内に戻って来る。

「手を洗って」

「洗ったよ」

「ずいぶん早いのね」

「ちゃんと洗ったもん」

「そう？——じゃ、プリンを作ってあるから、出して食べなさい」

「はあい！」

みゆきは、冷蔵庫へ飛んで行った。

容子はタオルで手を拭《ぬぐ》って、茶の間に座った。

「宿題は？」

「ないよ」

「本当？」

「本当だよ。——チカちゃんに訊《き》いてみて」

「じゃ、いいわ。お外で遊ぶ？」

「うん。チカちゃんと約束したの」

「気を付けてね。山の方へ行っちゃだめよ、分った？」

「分ってる」

みゆきは、ろくに聞いてもいない。早く遊びに行きたくて仕方ないのだ。

アッという間にプリンを食べ終えて、

「行って来るね！」

と、みゆきは飛び出していく。

「みゆき、山の方へ――」

言いかけて、容子はやめた。もうみゆきは玄関から飛び出していた。

容子はため息をついた。

「あと一週間だわ」

と呟く。

川尻容子は、三十四歳だった。一人娘のみゆきが九歳。夫の川尻一郎《いちろう》は、船に乗っていて、あと一週間たつと帰って来る。

いつも何か月という単位で家を留守にするので、容子の心細さは、並大抵でない。

もともと容子は神経の細い方なので、夫が出かけて一週間ぐらいは、ちょっとした物音にも起き出して、鍵《かぎ》を確かめに降りたものである。――しかも、ここは、いつでも何か音がしている。

この家から早く脱け出したい。

容子はこのところ、それぱかりを考えている。

夫がいないとき、うまい言葉に乗せられて買ってしまったのだが、この三年、後悔のし通しだった。川尻も、日本へ帰って来たときは、せっせと引越し先を捜していた。

そして、やっと見付けて、いざ引越しの仕度にかかろうとしたとき、川尻は急に船に乗ることになったのである。

三か月、引越しは延期された。何と長い三か月だったろう！

だが、それもあと一週間だ。この航海が終ると、夫は地上勤務になる。

すぐにも引越せるように、一か月も前から、容子は、あらかたの荷造りを終っていた。

一週間。——まるで一年も先のことのような気がする。

表で、みゆきともう一人の女の子の笑い声がして、容子は立ち上った。

玄関から出てみると、二人が、走って行くところだった。——また山の中へ入って行くつもりじゃないかしら……。

「あと一週間だわ」

と、容子は呟《つぶや》いた。

九歳になるみゆきの学校が、一番の悩みの種だった。あの橋を渡って、三十分の道を歩いて行かなくてはならないのである。

小山《こやま》チカという一つ年上の女の子が向いの家にいて、一緒に行ってくれることになったときは、容子もホッとしたものだ。

しかし、それもすぐに不安に変っていた。

チカという子が、どうにも手のつけられない、意地悪な女の子だったのだ。

およそ可愛げのない、ニコリともしない少女で、いつも大人を馬鹿にしたような目で見ている。

みゆきも、学校では何人か友だちがいるらしいのに、ここへ帰ってくれば、チカ一人しか遊び相手がいないので、二人はいつも一緒だった。

一つ年上のチカは、いつもみゆきを子分のように従えて、用をやらせていた。

おやつも、いつも容子が用意して、二人分みゆきに持たせた。それでも、いつか見ていると、チカが一人で食べて、みゆきは何も食べていないのだった。

チカの母親は、若くて――まだやっと三十そこそこだろう、合理的で、子供にはまるで目を向けなかった。

いつも派手な化粧をして、よく出かけていた。チカは、しばしば、みゆきと一緒に夕食を食べて行く。

それでも、チカの母親は、別に礼も言わないのである。

それでも、わずか十数軒のお隣さんである。容子としては、じっと我慢するしかなかった。

ここから早く引越したいというのは、一つには、チカのことも理由だった。

みゆきは、素直で、それだけに友だちの影響を受けやすい子である。早く、チカから離したい、と容子は思っていた。

「——川尻さん、どうしたの？」

声をかけて来たのは、右隣の主婦、今井永子《いまいえいこ》だった。

ほぼ同じくらいの年齢で、話も合うので、容子にとっては一番心の許せる相手だった。

「——みゆきとチカちゃんがね、どうも山の方へ行ったみたいだから」

「そう。危いわねえ、蛇が出たりするんでしょ？」

「そう言ってるんだけど……」

「あのチカって子は狡《ずる》いものね。言うことなんか聞かないわよ」

今井永子は、歯に衣着《きぬき》せずに物を言う。

「そう……。まあ、そんなところあるわね」

「母親そっくり。自分勝手でさ」

と今井永子が言って顔をしかめた。

容子はつい笑ってしまった。

「ご主人、いつ帰るの？」

「後一週間」

「そう。早く引越すのね」

「そのつもりよ」

「私もこんな所、早く出て行きたいわ。でも亭主の稼ぎが悪いからね」

「そんなこと――」

「本当よ。不景気でしょ。このところ残業ばっかりで、そのくせ、手当がつかないの」

「そう」

「失業するよりゃいい、って言ってるけど、それにしたってねえ……。男はいいわよ、昼間は家にいないんだもの」

「本当ね」

正に、今井永子の言葉は、実感がこもっていた。

男は、女が昼間家にいるから楽だと思っている。しかし、家には家の面倒が、厄介事がある。――女も、苦労しているのだ。

「さて、洗濯でもするか」

と、今井永子がウーンと伸びをした。

「あら、これからなの？」

「この天気でしょ。サボっちゃった」

と、今井永子は笑って、「じゃ、またね。後で遊びに来ない？」

と言った。

「ええ、行くわ。ありがとう」

容子は、大分気が楽になった。
今井永子が家へ入って行く。——容子も中へ入りかけて、もう一度道へ出てみた。
みゆきとチカの姿は見えない。——やはり山へ入って行ったのだろうか。
何か、妙な音がした。——いや、音というより、震動、というべきか。
ゴーッという、低い唸《うな》りのようだった。
何かしら？　容子は眉《まゆ》をひそめた。——大地が揺れた。
「地震？」
容子は心臓を締め上げられるような気がした。だが、すぐにそれはおさまった。
「良かった……」
ホッと息をつくと、家の方へ戻りかけた。
突然、足をすくわれて、容子は転倒した。地面が、まるで水のように、波打っている。
容子はその場に這《は》ったまま、悲鳴を上げた……。

2 崩壊

辻原は、揺れがおさまると、やっとの思いで立ち上った。

道が、巨大な熊手で引っかいたように、所々、ふくれ上り、溝が出来、ひび割れている。

信じられないような思いだった。——一方では、あの凄《すさ》まじい地震が、そして一方では、自分が生きていることが……。

揺り返しが来た。辻原は、また倒れそうになって、あわてて体を立て直した。

そのとき、顔が、あの橋の方へと向いた。——橋は、消え去っていた。

「柏木さん……」

と辻原は呟いた。

柏木老人がどうなったか、考えるまでもなかった。

「まさか……こんなことが……」

と、わけもなく呟く。

手が少し痛んだ。左腕が、痛む。倒れたときにどこかへぶつけたのだろう。

しばらく、泥だらけになった自分の姿を見下ろしながら、辻原はぼんやりと突っ立っていた。そして、ドン、という爆発音にハッと我に返った。

そうだ！　家が……。

「桂子！」

辻原は走り出した。


激しい揺れが去ると、容子は、顔を上げた。――どこからか、水が流れ出している。

凄《すご》い砂埃《すなぼこり》で、視界が遮られていた。

生きている、と思った。――ともかく、生きているのだ。

よろけながら立ち上った。膝《ひざ》をすり向いていたが、そう大したことはない。何だか、左の腕が少し痛い。見ると、ガラスの破片が刺さっていた。小さな破片で、手で抜くと、血が一筋流れ出た。

しかし、これだけで済んだのだ。奇跡的だった。

「みゆき……」

と呟《つぶや》いて、容子は、無意識に、家へ入ろうとした。

みゆきがチカと遊びに行っていることを、すぐには思い出せないのである。

「みゆき――どこ？」

砂埃が、風に流されて、視界が開ける。

容子は、ポカンと口を開けた。目が大きく見開かれる。

家が——なくなっていた。

そこにあるのは、ただ、潰《つぶ》れた、かつて家だったものの残骸《ざんがい》でしかなかった。一階、二階、ともに、ひしゃげて、もう、どこがどうなったのか、見分けがつかない。

「みゆき……」

みゆきが死んだ。潰れてしまった。——容子はその場に座り込んでしまった……。

「助けて……」

みゆき。——どこにいるの？

「助けて……」

弱々しい声。容子は、ゆっくりと立ち上った。どこだろう？

「誰か……」

今井永子の家だ。——そこは、容子のところのように、完全に潰れてはいなかった。

しかし、大きく傾いて、一階の、居間の部分が、潰れかけている。ガラスが粉々に割れ、どこかで、ギーッときしむ音がした。

倒れようとしているのかもしれない。

「助けて……」

あの声は——今井永子だ！

容子は、倒れかけた家の方へと、近寄って行った。

「今井さん！——どこ？」

と声をかけると、

「助けて……」

と、か細い声がした。

容子は、壁から人間の手が生えているのを見て後ずさった。——その手が、小刻みに震えつつ、動いている。

やっと分った。永子が、崩れた部分の壁に挟まれているのだ。

「今井さん！——しっかりして！」

近寄って覗《のぞ》き込むと、今井永子の顔が見えた。

額が割れて、血が顔面を覆っている。

「待ってね。誰か助けを呼んで来るわ」

と、容子は言った。

この凄まじい光景も、さして、容子を怯《おび》えさせなかった。

ショックで、一種の無感動状態になっているのだろう。

「一一〇番——一一九番だわ。電話を——」

と言いかけて、もう電話などかけられる状態でないことに、やっと気付いた。

「行って……」

と、今井永子が呻《うめ》くように言った。

「え？」

「ガスが……洩《も》れてるの。危いわ。……早く逃げて……」

「でも──」

「早く行って……」

永子の言葉は、精一杯の力を感じさせた。容子は、後ずさった。確かに、ガスの匂いがしている。

でも──何とか彼女を助け出さないと……。

他は？　他の家はどうなっているんだろう？

容子は、道へ──というより、道だった、凸凹の道路へと出た。

砂埃は、おさまっている。そして──目を疑うような光景がそこにあった。

一軒の家も、残っていなかった。

もちろん、完全に潰れている家、半分傾いている家、二階だけが、なぜかきれいにもぎ取られた家……。

各様ではあったが、ともかく、まともに形を止《とど》めている家は一軒もなかったのである。

ひどい……。何てひどい……。

容子は叫び出したかった。

何人か、難を逃れた人が、やはり放心したように、家の周囲を歩いていた。自分の家が潰れてしまったことが、まだ信じられずにいるのだろう。

そうだ、今井さんを──。

しっかりして！　しっかりしなきゃ！

「誰か来て！」

と容子は叫んだ。「今井さんが家の中に——」

容子は歩き出していた。

大音響と共に、今井永子のいたあたりが爆発を起こした。容子は後ろからの凄い風圧に押されてひっくり返った。起き上ると、今井の家は、オレンジ色の炎を吹き上げて、燃えていた。

「今井さん……」

と、容子は呟いた。

「大丈夫？」

と声がして、見上げると、小山好江《よしえ》の顔があった。

チカの母親だ。——チカ……。チカとみゆきが二人で……。

容子は弾《はじ》かれたように立ち上った。

「みゆきは！　みゆきはどこですか？」

「私、知らないわよ」

と、小山好江は言った。

なぜか、服が汚れているだけで、けが一つしていないようだ。

「チカちゃんと二人で、山の方へ行ったんですよ。見ませんでした？」

「見てないわ。――大丈夫よ、戻ってくるから」

好江は髪をかき上げて、「ひどいもんね、どこも。安い家なんて買うからだわ」

「チカちゃんのことが心配じゃないんですか？」

と、つい苛立《いらだ》った声を出す。

「まず自分じゃない？　自分がちゃんとしてなきゃ、人を助けられないわ。――あら、辻原さんのご主人よ」

振り向くと、確かに辻原が、あわてふためいて走って来る。容子は、辻原の家の方へ目を向けた。

もちろん、無事には済んでいない。二階が丸ごとスッポリと抜け落ちて、庭先に逆さになっている。――本当に、何だか、オモチャの家を、子供が壊しでもしたようだった。

その代り、一階の部分は、比較的外形を止めている。中はもちろんめちゃくちゃなのだろうが。

「桂子！――桂子！」

辻原が青くなって、呼びながら、玄関のドアを引張っている。

「あんなときでも玄関から入ろうとするのね、人間って」

と言って、好江が笑った。

よくこんなときに笑えるものだ。容子は怒る気にもなれずに、唖然《あぜん》としていた。

みゆき。――そうだ、みゆきを捜しに行かなくては。

好江のことなどに構ってはいられない。容子は、山の方へと歩き出した。

山は、大きく崩れたりしていないように見えた。

「ねえ、川尻さん！」

と、思いがけず、好江が声をかけて来る。

容子が振り向く。

「山には近づかない方がいいわよ」

「どうしてですか？」

「崩れて来るわ。何でもないように見えても、中でひび割れて、今にも崩れそうになってるのよ」

「でも子供たちが、けがしてるかもしれないじゃありませんか」

「戻って来るわよ。——行けば、下手すりゃ親子もろともやられるわ」

これで母親なのだろうか？　容子は怒りに青ざめた。

「あなたは好きにすればいいでしょう！　私だって、自分のやりたいようにするわ！」

この小さな〈町〉の道路を、目の前で遮っているのが、緑に覆われた山肌である。その中の細い道を行くと、山の向う側の町に出られるのだが、容子は行ったことがなかった。

ともかく、みゆきたちは、木々の間を登って、高い方へと行っているはずだ。

ドドド……と、足下を揺るがすような響きが聞こえた。

岩が、山の斜面からゆっくりと転り落ちて来る。——信じられないような大きさだ。木を、まるでマッチ棒か何かのようになぎ倒しながら、容子のいる方へと、転落して来る。

直径五メートルはあろうという、見たこともない巨大な岩だった。それが、宙にはねるのは、奇妙な光景だった。地面を打つと、大地が震えた。

こっちへ来る。——こっちへ。

容子は、立ったきり、動けなかった。それは避け難い、超自然の力のようで、容子を圧倒していた。

「危ない！」

小山好江が、容子の手をつかんで、引張った。容子は、よろけながら、数メートル走って倒れた。

岩が、〈町〉の中へと突っ込んで行く。——悲鳴が上った。

比較的、形を保っていた一軒が、岩の下になって、押し潰《つぶ》された。岩は、そこで止った。

「あんた、今ごろペチャンコよ」

と好江が言った。

「ごめんなさい……。動けなくて、私……」

容子は、こんなときなのに、好江に助けられたことに悔しがっている自分を見て、いやになった。

「ま、そんなもんよ」

と、好江は気軽に言って、「——あら、帰って来たわ」

と、容子の肩越しに目を山の方へ向けた。

振り向くと、みゆきとチカが、走って来るところだった。

辻原桂子は、目を開けた。

苦痛とも違う、一種の圧迫感があった。

どうしたんだろう？　何があったのか……。

目に映ったのは、空だった。大分、暗くなりかけている。——もう夕方なんだわ、と思った。

「気が付いたのか」

夫の声がした。

「あなた……」

身動きしようとして、右の腕が痛んで、アッと声を上げた。

「動かない方がいい。下手をすると、肋骨《ろっこつ》が折れてるかもしれない」

と辻原は言った。

「——何があったの？」

「地震だ」

そうか、そうだったんだわ。地震が来て、タンスが私の上に倒れて来た。

「奇跡だよ」

と辻原は言った。「タンスが鏡台の上に倒れて、下に隙間が、できた。そこに君は挟まれてたんだ」

「──助かったのね」

「そうだ」

「ここは？」

「中川《なかがわ》さんの家の庭先だよ。ここが一番ちゃんと残ったんだ」

「残った？」

「他の家は、みんなペチャンコさ」

「──うちも？」

「君を引張り出した後で、もう一度余震が来て、完全に潰れた」

「まあ……」

「少し目を閉じているといいよ」

辻原はそう言って、立ち上った。

桂子は、毛布にくるまって、庭先の、花壇の端に、横になっているのだった。

泣き声や、呻《うめ》き声が聞こえて来る。──少しずつ、自分が自分に戻って来るようだった。

そう、ひどい地震だった。死んだ、と思ったのを憶《おぼ》えている。

あのタンスがのしかかって来たときは……。

桂子は、全身の血がひいて行くような気がした。──私は、裸のままでいたはずだ。

今、服を着てはいるが、辻原が見付けたときは、裸のままだったのだ……。

「——どうだね、奥さんは?」

辻原は、声をかけられて振り向いた。

「中川さん……。どうも色々と——」

「こんなときだよ。いちいち礼はいらない」

中川は、この〈町〉では、一種の町長格の人物だった。六十近いはずだが、髪は白くても元気だったし、インテリでもあった。

中川の家が残ったのも、この一角では、最もしっかりした造りになっていたからだ。

「家内も、大丈夫のようです。少し胸が痛むようですが」

そう言ってから、辻原は苦笑した。「本当の胸の方が、ですけど」

「忘れるんだ」

中川が、辻原の肩を軽く叩《たた》いた。

辻原は、中川の手を借りて、桂子をタンスの下から引張り出したのだった。——桂子が裸でいるのを見て、辻原は愕然《がくぜん》とした。

その意味ぐらいは、辻原にも分った。

中川が、服を着せてやれ、と言うまで、辻原は、ぼんやりと妻の顔を見つめていたのである。

「今は非常時だ。生きることを考えなくては……」

と中川が言った。

辻原にもそれは分っている。しかし、一体相手は誰なのか。——それを思うと、胸苦しいような怒りが、頰を熱くした。

「橋は落ちたんだね」

と中川が言った。

「この目で見ました」

「すると、とてもあそこは渡れない」

中川はため息をついた。

「助けが来るでしょうか?」

「分らんな。そりゃ、いつかは来るだろう。——しかし、ここだけじゃない。関東地方一帯が、かなりひどい状態になっていると思わないといかん。こんな、たった十五戸しかない町など、一番最後に回されるだろう」

「じゃ、どうすれば——」

「分らないな、私にも」

と中川は首を振った。

「ひどいもんですね。——十五戸の内で、残ったのが、中川さんの所だけ……」

「何とかかすり傷で助かったのが、私と、君と、それに後、四、五人。——けがをしているのが十五人。ここは大体何人住んでいるんだ?」

「五十人くらいでしょう」

「十二、三人は仕事に出ているとして……。二十人以上は家もろとも、か」

「けがのひどいのも、二、三人います」

「そうだ。ここでは傷を消毒するぐらいしかできない」

「何とか助けを呼びに行けませんかね」

中川は首を振った。

「無理だろう。——山の方へ行くしかないが、あの岩を見ただろう？　いつ地すべりや土砂崩れがあるか分らない」

「そうですね……」

「ともかく——」

と中川は息をついた。「もう夜になる。幸い水は出る。今夜一晩、しのいで、明日考えよう」

中川と辻原は、もう、家の残骸《ざんがい》も、定かに見えないほどに暗くなった中に、じっと無言で立ち尽くしていた。

夜が来た。

「——ママ」

と、みゆきが言った。

「なあに？」

容子は訊《き》いた。

「ママ、いるの？」

「いるじゃないの」

「見えないよ」

「抱いてあげてるでしょ」

容子は、みゆきを抱き返してやった。「少し眠りなさい」

「うん……」

暗い。——夜がこんなに暗いものだとは、容子は思ったこともなかった。

懐中電灯の一つ、ローソクの一本でもあれば、ずいぶん違うのだろうが、それもなかった。

月も、星もない、闇夜である。——完全な暗黒。無が、そこにあった。

みゆきを抱きしめながら、容子は、暗がりが、自分を押し潰《つぶ》しそうな気がした。

中川の家の居間の隅にいるのだが、何も見えないのでは、どこかの洞窟《どうくつ》にいるのも同じことだった。

ただ、他の人たちの苦しげな息づかい、痛みを訴える呻き声。——それが、空間の広がりを感じさせてくれた。

「——ママ」

「なあに？」

「山でね……」

「見たんだよ」

「何を？」

「何だか分んないけど……。何か」

「——もう寝なさい」

「岩があったでしょ」

「岩って？　あの落っこちて来た岩？」

「うん」

「あれが？」

「ポッカリ穴があってね、そこに何かいたんだよ」

と、みゆきは言った。

「何かって……何が？」

「分んない。動いてたよ」

「そう……」

「おやすみ」

「おやすみなさい」

容子は、息を吐き出した。

早く朝にならないかしら、と思った。そうすれば助けが来る。——お腹も空《す》いているはずだが、不思議に空腹感はなかった。

「ママ」

「なあに?」

「おしっこ」

「そう……」

容子は起き上った。——トイレは使えなくなっている。

「庭でするしかないわ。——おいで」

「どこ?」

「あっちの方よ」

しかし、暗闇の中では、方向感覚がいかにあてにならないものかを、容子は思い知ることになった。

みゆきを抱いて、人につまずいては、

「すみません」

と謝っている内に、どっちへ向って歩いているか、分らなくなってしまった。

それでも、何とか、庭へと降りることができた。

手探りで進んで行くと、茂みがある。

「ここでしなさい。——ママはここにいるから。いいわね？」

「うん」

真っ暗なのだから、何も茂みの陰でなくてもいいようなものだが、人間の心理は妙なものだ、と容子は思った。

みゆきは、欠伸《あくび》をしながら、用を足した。

ふと顔を上げて、

「ママ」

と言った。

「なあに？　紙がないの、そのままでいいから、パンツをはいてらっしゃい」

「何かいるよ」

「え？」

みゆきは、道の方へと顔を向けた。ザッ、ザッ、と、何かの足音が聞こえた。

それは、ゆっくりと、みゆきのすぐ近くを——ほんの一メートルくらいのところを、通って行った。

「どうしたの、みゆき？」

と容子が言った。

柔らかい足音だった。そして、この暗闇の中でも、みゆきには、それが、物凄《ものすご》く大きな何かだということは分った……。

「みゆき？」

「――はい、ママ」

「さあ、戻りましょ」

と、容子は、みゆきの手をつかんで、また手探りで、居間へと戻って行った……。

その夜、チカの姿が消えた。

3　闇の声

闇がまぶしくて、沈黙がやかましいものだと辻原道夫は初めて知った。

山歩きとか、キャンプとか、そういう経験でもあれば、まだしもこういう状態に順応できるのかもしれないが、辻原は、体を鍛えるということに、本能的に反発する性質だった。運動しても、必要最小限のことしかしていない。何よりも、この山奥から通勤するのが第一の運動である。

山の静けさも、森の暗さも、経験したことはなかった。――横になり、目を閉じていても、一向に眠くならない。

目を開いても閉じても、そこに何一つ見えないというのは、薄気味悪いことだった。じっと視点を一か所に止めていようにも、焦点を合わせることがないので、却《かえ》って目が疲れた。

そして、暗闇の中で、あらゆる物音は、倍にも三倍にもなって耳を打った。誰かの咳《せき》込む音、寝返りを打つ音で、ハッと身を縮めることもあった。おそらく、誰しも同じ思いなのだろうが……。

「――あなた」

すぐそばで囁《ささや》く声がして、辻原は、悲鳴を上げそうになった。

「どうしたの？　あなた――」

「何でもない。どうしたんだ？」

辻原は、汗が額ににじみ出るのを感じながら言った。妻がすぐ傍に寝ているのを、いつしか忘れていたのだ。

「どうっていうんじゃないけど……」

桂子は呟《つぶや》くように言った。声の響きが変った。体をゆっくりと彼の方へ向けたらしい。

「――痛むか？」

「少し。でも、大分よくなったみたい」

「それなら折れてはいないのかな。ともかく、あまり動かない方がいい」

「ええ」

桂子は手をのばして来て、夫の手を探った。辻原は、桂子の手を握ってやった。

「どこにも行かないでね」

と桂子は言った。

「行く所なんかないじゃないか」

と、辻原は言った。

少し、冷たく突き放した言い方になった。桂子の言いたいのは、そばについていてくれということなのだ。それは辻原にも分っていた。

しかし、桂子があの小部屋のタンスの下に裸で倒れているのを見たときのショックは、まだまだ尾を引いていた。大地震も、家の倒壊も、そのショックを消すことはできなかった。

こうして桂子を身近に感じていると、胸苦しい屈辱感と嫉妬《しっと》の火が燃え立って来る。——自分でも意外だった。

もう桂子との間に愛情などかけらも残っていないと思っていたのに、なぜこんなにも怒りが突き上げて来るのだろう？

いや、愛じゃない。嫉妬でもないのだ。ただ、夫としての対面と、誇り——いや、要するに面子《メンツ》の問題なのだ。妻を盗まれたという、単純な腹立ちに過ぎないのだ。

それに、桂子が自分を騙《だま》していたことへの怒りもあった。——正直なところ、辻原の怒りは、どれもこれも自分のふがいなさへの憤りの裏返しだったが、辻原はそれを認めたくなかった。

「あなた」

と桂子が言った。

「何だ？」

「今、何時？」

「分らないよ。腕時計は地震のときに壊れちまった」

「そう……。でも、もう真夜中は過ぎたでしょうね」

「どうかな。――たぶん過ぎたろう」

「何日間も夜が続いてるみたいだわ」

と桂子は言った。

「目をつぶって、寝るんだ」

「ええ……」

「もうすぐ朝になるさ」

桂子は、夫の声の中に、ある種の優しさを聞き取って、ホッとしていた。

夫が怒っているのは、ある意味では当然だ。――でも、私だけが悪いんじゃない。

桂子は少し恐怖から立ち直りつつあった。危うく命を落とすところを助かって、胸の痛みも大分おさまって来ている。幸運というべきであろう。

ともかく、今は自分が弱い立場にいることを、桂子も理解していた。浮気していたことを知られてしまい、かつ、生きるか死ぬかの状況の中にいて、頼れるのは夫しかいない。ここはともかく、しおらしく、後悔しているように振舞うしかない……。

そういえば、あの男はどうしたかしら、と桂子は思った。家から出て行って、地震が来るまで、五分もあっただろうか？

おそらく、まだこの「町」の中にいたはずだ。死んでしまったのか？　それとも……。

それほど気にはならなかった。桂子とて、あの男を愛しているわけではないのだ。別にどうなろうと、気にもならない。むしろ、死んでいてくれれば、後くされもなく、夫にも誰が相手だったのかを知られもせずに、助かるのだが……。

夜の中に、ポッと小さな火が点《つ》いた。浮び上ったのは、中川の顔だった。タバコに火を点けると、マッチの火を、軸がほとんど燃え切って持てなくなるまで、じっと見つめていた。やがて、火は小さな赤い点となって音もなく地面に落ち、消えた。

タバコの赤い火が、ポツンと闇の中に取り残された。

何度か煙を吸っては吐き出すと、中川は落ち着いて来た。今、自分が、庭の壊れた垣根の所に立っていて、道の方を眺めていることも、分っている。

何といっても自分の家である。動き回るのは難しくない。

早く朝が来てくれないか、と中川は思った。——中川は五十八歳である。妻を、一年前に失っていた。

文筆業で生計を立て、ある程度の貯《たくわ》えもできたので、少し田舎に引っ込むことにしたのだ、と人には説明していた。しかし、実際のところは、他に理由があった。少しでも町から離れなくてはならなかったのである。

中川は、微《かす》かに地面が揺らぐのを感じた。——また来るのか、と思った。

しかし、その揺れは小さく、それきりで終った。

「——誰だ？」

と、中川は振り向いて訊《き》いた。足音がしたのだ。

「坂口《さかぐち》です」

弱々しい声がした。「中川さんですか」

「坂口さん。——寝てなきゃだめですよ」

と中川は言った。

坂口は、どこかのデパートに勤めている男だ。サービス業なので日曜は出勤になる。今日はたまたま休みで家にいたのだった。

まだ若い——三十そこそこの男だが、老成した、疲れたような印象を与える。

妻の美紀《みき》がガラスの破片でかなりのけがをしていたが、坂口自身も太腿《ふともも》を切って、出血がひどかった。

「妻が痛いと言って泣くもんですから……」

坂口の声は、少し震えていた。

「朝になれば何とかなりますよ。この真っ暗な中じゃ、どうにも動きが取れない」

「ええ……。そりゃ分ってるんです」

しばらく、二人は沈黙した。——何も見えず、互いの息づかいだけが聞こえるというのは、妙な気分だった。

「どうなるんでしょうね」

と、坂口が弱々しい声で言った。

「しっかりしなさい」

と、中川は言った。「いまは、こんな風に真っ暗だから、そんな風に気が滅入《めい》っちゃうんです。明るくなれば元気が出ますよ」

「そうですね」

「奥さんが痛がってるんでしょう。そばについていてあげなさい」

坂口は息をついて、

「僕は……だめなんですよ。人が苦しんでたり、泣いてたりすると、耳をふさいで、目をつぶって、逃げ出したくなるんです。——もう、堪えられなくなって——自分の方が参ってしまいそうで」

「みんなそうですよ」

と中川は言った。「しかし、一人にされてる奥さんのことを考えてごらんなさい。どんなに心細いか。——そばに夫がいて、手を握っていてくれるだけで、苦痛は和らぐものですよ。それにあなたもけがをしている。動き回るとまた出血してしまいますよ」

「ええ……」

坂口は、少し声に力を込めて言った。「すみませんでした。何だか心細くなっちまって……」

坂口は、ちょっと笑い声を上げた。

「だめですねえ、男のくせに」

「そんなことはない。よく頑張ってますよ。——さあ、戻った方がいい。大丈夫ですか？　私が手を引いて行ってもいいが」

「いや、大丈夫。戻れます。ずっと壁沿いに伝って行けばいいんですから」

坂口は、少し歩きかけて、「中川さんと話して、落ち着きました。ありがとう」

と言った。

手探りで進んで行く坂口の足音を聞きながら、中川は、苦い思いをかみしめていた。

「偉そうなことを言って……。偽善者め！」

と呟《つぶや》く。

突然、寒気がして、中川は身震いした。足下から、細かい震えが這《は》い上って来て、指先からタバコを振り落とした。中川は息を詰め、両手で自分を抱きかかえるようにしてうずくまった。

——震えは、すぐに去って行った。

中川は何度か深呼吸した。額に汗が浮いている。——大したことはなかった。

緊張しているせいで、まだ症状が軽くて済んでいるのだろう。だが、明日になればどうなるか……。

救援が来れば、それでいいのだが、もし、救援の手がここまで及ばなかったとしたら、この、いつ終るとも知れない夜を、また過ごさねばならない。そのとき、症状が軽くて済むものかどうか、中川にも自信はなかった。

足音がした。今度は、別に引きずってもいない、軽い足音だった。

「誰だね」

と、中川は声をかけた。

「チカ」

と女の子の声が、少し低いところから返って来る。

女の子が二人いたな、と中川は思い出しながら、しかし、どっちの名前もよくは知らないのだ。

「何しに来たんだい？　危いから寝てた方がいいよ」

「大丈夫。私、勘がいいんだもの」

大人びて、ちょっと突っかかるような言い方だった。

「お母さんは？」

「寝てるよ。ママ、こういうことには馴《な》れてんの」

「ふーん、しかし、君がいなくなったら心配するんじゃないかな。おじさんと一緒に戻ろうか」

「いいの」

と、チカはあっさり言った。「それならおじさん、帰って寝たら」

中川は苦笑した。

「そうだね。そうするかな」

「気分悪いんでしょ」

「どうして？」

「今、うずくまってたじゃない」

中川はギクリとした。

「ちょっと疲れてたんだよ」

「そう。じゃ、やっぱり寝た方がいいよ。おじさん、中川さんでしょ」

「うん。よく分ったね」

「声を聞いてりゃ分るわ。もう若くないんでしょ。早く寝ないと、バテちゃうから」

中川は、何とも言葉が出て来なかった。チカは、子供らしい勘の良さで、塀の壊れた所から、道路へと出て行った。


川尻容子は、ふと目を覚ました。

戸惑いがあった。ぐっすりと眠っていたわけではないので、今、自分がどこにいるのかは、ちゃんと承知していた。ただ、なぜ目が覚めたのか、それが不思議だったのだ。

みゆきは、健康そのものの寝息をたてて眠り込んでいる。容子はそれを確かめて、ホッとすると、もう一度、目を閉じた。

――気のせいか、と思った。足の、ふくらはぎのあたりに、何かが触れた。

手だ。指が、そっと容子の足を上へ上へと這って来る。そして、スカートの下へと潜り込もうとした。

「やめて下さい」

容子は押し殺した、しかし強い調子で言った。手が止った。そして、またスカートの奥へと進み始めた。

「誰？　声を上げますよ！」

容子は体を起こした。誰かの影が、スッと動いて、遠ざかった。

みゆきが、低く呻《うめ》くような声を上げたが、目は覚まさずに、そのまま眠り続けたようだ。

容子は、しばらく、周囲の気配を探るように、息を殺していたが、やがてゆっくりと横になった。

信じられなかった。――こんなときに、あんな恥ずべき真似をする人間がいるとは。

一体誰だったのだろう？　もちろん、この暗がりの中では、知るすべもないが。

容子は、無性に腹が立った。今度あんなことをして来たら、かみついてやろう、と思った。

まだ暗い。――もう少し眠っておこう、と目を閉じた。すぐに浅い眠りに入って、みゆきが目を覚まして、動いたときに、一緒に目を開いた。

「――ママ、朝だよ」

と、みゆきが言った。

本当に、朝がやって来ていた。まだ、ほの白い明るさに過ぎなかったが、周囲を見ると充分な明るさではあった。

やっと、夜から解放されたのである。

4　消えたチカ

辻原は、橋の前までやって来た。

橋は、完全に落ちて、消えてしまっている。反対側に、ほんの二、三メートル、残っているだけだ。

あまり崖《がけ》っぷちに近づくと、まだ地盤が緩んでいるので、危険だったが、辻原はそれでも思い切り進み出て、下を覗《のぞ》き込んだ。――遥《はる》か下、何十メートルも落ち込んだ崖下の谷川に、橋の残骸《ざんがい》が無惨に、死んだ虫か何かのように、折れ曲って見えていた。

これを降り、谷川を渡って、向うの崖を登れば、助けを呼びに行くことができるかもしれないが、とても不可能であった。

覗き込んでいると目がくらむ。あわてて、後ずさった。

「どうですの？」

という声。

振り向くと、川尻容子がやって来るところである。

「ああ、奥さん。――ご覧の通りですよ」

辻原はホッとして言った。なぜか分らないが、川尻容子には、何となく打ち解けたくなる雰囲気があった。といって、もちろん妙な意味ではなく、安心して話ができる、という程度のことだが。

「どうなるんでしょう、私たち？」

と、容子は首を振った。

「気を付けてはいるんですがね、ヘリコプターの音でもしないかと思って。——一体今度の地震がどの程度の規模だったのかも分らないし……。都心の方はどうなっているのかなあ」

容子は、ふと思い出して、

「奥様はいかがですの？」

と訊《き》いた。

最初にそれを訊くべきだったのに、と容子は思った。

「大したことはないようです。運の強い奴ですからね、あれは」

「そんなことおっしゃって——」

二人は何となく笑顔になった。容子は肩をすくめて、

「こんなときに、笑ったりしちゃいけないんですわね。大勢亡くなった方がいらっしゃるのに」

「今は生き残った人間のことが第一ですよ。——もうこれ以上、犠牲が出なきゃいいが」

「けがのひどい方が心配ですね」

「お嬢さんは大丈夫ですか？」

「ええ、かすり傷一つなくて。子供って逞《たくま》しいものですわ。一人で遊んでいます」

「いいですねえ」

と辻原は言った。「――僕も女の子が欲しいと思ってたんですが……」

何を言ってるんだ、と辻原は思った。――桂子の、あの裸の姿を見た後で、子供のことなど考えてどうなるというのか……。

「でも、中川さんのお宅だけでも残って、本当に助かりましたわ」

「全くです。あの人がいなかったら、どうなっていたか」

「ああいう方だから、非常用の食料も少しは用意して下さってて。――大人はともかく、子供は飲まず食わずではかわいそうですものね」

「二、三日は水だけでも大丈夫ですよ」

と、辻原は言った。本当に不思議なことに、少しも空腹を感じないのだ。

「――静かですね」

と、容子が言った。

全く、その通りだった。もちろんこのあたりは都心とは比べものにならないほど静かではあるのだが、今、この異様な沈黙の中にあって、普段は遠い車の音、バスの唸《うな》り、といった雑音が聞こえていたことに、初めて気付くのである。

「――ママ」

と、声がした。

「みゆき。どうしたの？」

みゆきが元気良く走って来る。地震で道がまるで巨大な熊手でかき回したようになっているのだが、それをピョンピョンと飛びはねてやって来る。

「ねえ、チカちゃんは？」

「チカちゃん？　知らないわよ。チカちゃんのママに訊いてみたら？」

「訊いたけど、知らないんだって」

「そう。――じゃ、一人で遊んでいなさい。その内、チカちゃんも戻って来るわよ」

捜しに行きなさい、と言いかけて、容子はやめた。この危い時に、山にでも入って土砂崩れにでもあっては大変だ。

それにしても、あの母親はどういうつもりなのだろう？　自分なら、こんな状況で子供がいなくなったら、それこそ気が狂ってしまうかもしれない……。

「――さあ、戻りましょ」

と、容子はみゆきの手を取った。

「僕は少しここにいることにします」

と、辻原は言った。「向う側を誰か通りかかるかもしれない。交替で誰か置いた方がいいかもしれませんね」

「そうですわね。じゃ、中川さんに――」

「そう伝えて下さい。この辺にいるから、と」

「分りました。じゃ、奥様にもそう申し上げておきますわ」

「お願いします」

辻原は、川尻親子を見送って、苦笑した。桂子のことを、忘れていたのだ。

桂子は、別に自分がいなくなっても心配などしてはいないだろう、と辻原は思った。

辻原は、橋の落ちた後の空間を、見やった。自分と桂子との間にかかっていた橋――それはせいぜい朽ちかけた古い橋に過ぎなかったが――もまた、落ちてしまったのだ、と思った。その空隙《くうげき》は、もう埋めようもない。

相手の男が誰だったのか、今となっては、どうでもいいような気もした。

ザザーッと、強い雨が叩《たた》きつけるような音がした。道の片側、山へ向ってせり上っている急な斜面を、細かい石が次々に転り落ちて来た。見ている内に、落ちて来る石は大きくなって、目を見張るような大きさの石――岩と呼んだ方がいいほどの塊が、転り落ちて来た。

辻原はあわてて走り出した。転り落ちた石が、その勢いで、辻原の立っている辺りまで転って来たのだ。

一番大きな塊は道を削り取るようにして転って来ると、そのいびつな形のせいか、大きく向きを変えて、橋のあったあたりから、谷川へと落ちて行った。

「畜生……」

どうなってるんだ？　揺れたわけでもないのに。

石の落ちて来た方を、辻原は見上げた。深い茂みと、林が、辻原を見下ろしている。別に土砂崩れや地すべりが起こりそうにも思えないが。

そのときだった。木立ちの間に、何か黒っぽい物が動いた。辻原は目をこらした。――しかし、もう何も見えなかった。

あれは何だろう？　確かに、何かが動いて行ったように見えたのだが……。気のせいだろうか？　ただ、枝が風で揺れただけなのか。

いや――あれは木の幹の、もっと低いあたりで動いた。確かに、スッと横へ動いて行ったのだ。人間か？　誰かいるのだろうか？

だが、辻原は、声をかけるのもはばかられて、ただじっと目をこらしていた。

誰かいるのなら、向うから声をかけて来るはずだ……。


「ねえ、ママ、怪獣の足跡、見せてあげる！」

と、みゆきが言った。

「ええ、後でね」

と容子は言った。「中川さんはどこかしら？」

「ねえ、本当なんだよ。凄《すご》く大きいんだよ」

「ちょっと待って。――すみません」

と、容子は、居間の床に横になっている主婦の一人へ声をかけた。「中川さん、どちらにおられるかご存知ありません？」

「山の方を見に行かれたみたいですよ」

と、青い顔をしたその主婦は言った。

「どうも。――みゆき、お庭の所で遊んでいてね」

「ねえ、怪獣の足跡――」

「後で見てあげるわ」

容子は、みゆきの肩を軽く叩くと、「ここにいてね。分った？」

と念を押して、山へ向う道を辿《たど》って行った。

みゆきは、つまらなそうに口を尖《とが》らして、それから塀の壊れたところから外へ出ると、家の裏手の方へ回って行った。

地下水をくみ上げているポンプの周囲に、少し水が洩《も》れているのか、土が水を含んで、柔らかくなっていた。

そこに、大きな凹みが四つ、くっきりと跡を止《とど》めていた。一つの凹みに、みゆきの両方の足がスッポリとおさまる。

「ウォー」

と、みゆきは唸ってみた。「ウォーッ！　怪獣だぞ！」

我ながら、あまり迫力がないと思った。それに怪獣が自分で「怪獣だぞ」なんて言うかしら？

「ウォーッ！」

もう一度、やってみた。今度は少し感じが出たかな、と思った。


山への道を半分も行かない内に、容子は戻って来る中川に出会った。坂口が、けがをした足を引きずるようにして、一緒に歩いている。

「ああ、川尻さん、どうしました？」

容子が辻原の伝言を伝えると、中川は肯《うなず》いた。

「いや、あれは私もお願いしようと思っていたんです」

「山の道はどうですか？」

「見た限りでは無事のようです」

と中川は言った。「いつ地すべりや山崩れがあるか分りませんがね」

「美紀の具合が悪いんです」

と、坂口が言った。「出血が止らないんですよ」

「お気の毒に……」

「決めなくてはなりませんな」

と、中川が言った。「私の家で、救援が来るのを待つか、それとも多少の危険は覚悟の上で、山を越えるか」

坂口は、何も言わなかった。容子は、坂口の方が先に参ってしまうんじゃないかしら、と思った。顔は青ざめて、唇が細かく震えている。

「ともかく戻りましょう」

と中川は、坂口の腕を取って、支えるようにして歩き出した。

容子ももう一方の腕を取って、両側から坂口を支える格好になった。

「ああ……すみません、奥さん」

と、坂口が弱々しく言った。

中川の家の前で、小山好江がぼんやりと立っている。

「あ、川尻さん」

と、好江が言った。「うちの子、見ませんでした？」

「いいえ。みゆきも見てないと――」

「ええ、今、裏の方でみゆきちゃん遊んでたから、訊《き》いてみたんですけどね。――困った子だわ。どこへ行ったのかしら、本当に……」

「いつから見えないんです？」

と中川は訊いた。

「いいえ、いいんです。あの子は大丈夫」

好江は軽く手を振って、潰《つぶ》れた自分の家の方へと歩いて行った。

「――変った人ですな」

と中川は言った。

「――坂口さん」

と出て来たのは、轟《とどろき》という男だった。「奥さんが心配してますよ。どこかへ行っちゃったんじゃないかって。なだめるのに一苦労です」

「すみません。――心細いんです」

「行ってあげなさい」

坂口が中へ入って行くと、轟はタバコを出して、火を点《つ》けた。

「中では吸わないで下さいよ。ガス洩れしてる心配もある」

「承知してますよ」

容子は、あまりこの轟という男が好きではなかった。仕事が何なのか、よく分らない男で、昼間でも、よく家でぶらぶらしている。頭が禿《は》げ上っているので、中年に見えたが、実際はもっと若いのかもしれなかった。

朝子《あきこ》という名の妻と二人暮し。朝子はずいぶん若く見えた。チカの母親、小山好江と同じように、派手なタイプの女性だが、人なつっこくて、憎めないところがあった。

容子は、亭主の方は好きになれなかったが、朝子とはよく立ち話もしたし、時にはバスに乗って駅前まで一緒に買物にも出る仲であった。

「――轟さん、奥さんはどうなさったんですの？」

と、容子は訊いた。

昨夜、中川の家に集まった生存者の中に、朝子の姿がなかったことに、今になって気付いたのである。

「朝子ですか? あいつ、実家へ帰ってたんですよ。運のいい奴です」

「まあ。でも、ご実家って……」

「九州ですから、まず大丈夫でしょう。日本沈没ってなことにでもならなきゃね」

「まあ、それは良かったですね。でも、きっと奥さんが心配してらっしゃるでしょう」

「なあに、生きてると分ったら、結構がっかりするかもしれません」

と言って、轟は声を上げて笑った。

こういう場で大声で笑うというのは、少々無神経なように容子には思えた。もっとも、こんなときだからこそ、笑いたくなるのかもしれないが。

一旦《いったん》、家の中へ入っていた中川が顔を出して、

「轟さん、ちょっと入ってくれませんか。相談があるんです」

と声をかけた。

「分りました。ちょっと待って下さい、こいつを喫《す》っちまうから」

轟は、短くなったタバコを、さらにぎりぎりまで喫って、足下へ落とすと、庭先から、家の中へ上り込んで行った。

容子は、何となく、落ち着かない気分で、その場に立っていた。

「――ママ」

と声がして、みゆきが走って来る。

「どうしたの？」

「ねえ、見に来てよ」

「何を？」

「怪獣の足跡だよ、言ったじゃないの」

「ああ、そうだったわね。――はいはい、チカちゃん、どこへ行っちまったのかしらね」

「怪獣にさらわれたんじゃない？」

「そうね。そうかもしれないわ」

と、容子は苦笑した。


辻原桂子は、かつて自分の家だった、がらくたの山の前に立っていた。

まあ、いいわ、と思った。――少々痛い思いはしたが、生きのびたんだし、これでこんな山奥から逃げ出せるというものだ。

――冷静に考えれば、逃げ出すといっても、どこへ行けるというのか。夫の会社だって、消えてなくなっているかもしれないというのに。

しかし、桂子は、あまり物事を深くは考えない性質なのである。それに、心配事は夫の担当だと思っていたから、自分で頭を悩ますこともなかった。

あの服、まだあんまり着ていなかったのに……。それに、腕時計、新しいコート。

「持ち出さねばね……」

と、桂子は呟《つぶや》いた。

胸の苦痛は、もうほとんど消えかかっていた。桂子は、恐怖が去ると、また元の通りの楽天家に戻りつつあった。

家の裏手へ回ってみた。どこかの隙間から、何か多少とも取り出せないかしら、と思ったのである。

しかし、とても無理な相談だった。がらくたの山は、どこから見てもがらくたの山でしかない。全く、みごとなまでに、家は潰れてしまっていた。

「安物ね、全く！」

と、桂子は呟いて、肩をすくめた。

何か、背後に物音がして、桂子はふり向いた。そして短く声を上げた。

5　戻った男

「——ともかく、待っていても、いつ救援が来るか分らないんです」

と、中川は言った。「連絡を取ろうにも、方法がない。外の状況を聞こうにも、この家の唯一のラジオは水びたしになって壊れてしまっている。——どちらかに賭《か》けるしかありませんよ」

相談は低い声で行われていた。玄関の、上り口である。

居間で話をすれば、坂口の妻、美紀に聞こえてしまう。

「坂口さんが決めることですな」

と轟は呑気《のんき》な口調で言った。

坂口は、青ざめた顔で、じっと足の先を見下ろしていた。

「決めるのは容易じゃありませんよ」

と中川が坂口を助けるように言った。「このままでは、奥さんの体はもたない。それははっきりしています。といって、山を越えて運べば、必ず助かるとは限りません」

「でも、大きな町なら……」

と坂口の言葉は途中で切れた。

「そうですよ、きっと救護所がある」

と、轟が言った。「ほら、映画なんかでも出て来るじゃないですか」

「問題はありますよ」

と中川は急いで言った。「山道が崖《がけ》崩れなどで塞《ふさ》がれていないとは言えないし、途中でやられる可能性もある。それは覚悟していないと……」

坂口は、考えるのも疲れて面倒という様子だった。――かなり神経も参っていたのだ。

「でも、ここにいれば確実にだめなんでしょう」

「私は医者じゃありませんが――」

中川が言いかけるのを、轟が遮った。

「顔色見りゃ分るじゃないかね。死にかけてるぜ、あの顔は」

坂口はますます蒼白《そうはく》な顔になって、倒れるかに見えたが、何とか立ち直った。

「分りました」

と肯《うなず》いて、「ここにいて、あてにならない救援を待っているより、山越えの方を選びます」

「よく決心しましたね」

中川は言った。「――問題はまだあります。どうやって奥さんを運ぶか、ということです」

「それは僕が——」

と坂口が言いかけると、

「そりゃ無理だ。その足で、奥さんを背負って歩けるかね」

と、轟が遮った。

「しかし……」

「轟さんの言う通りですよ」

中川が静かに言った。「あなたの足ではとても無理だ」

「でも、僕が行かなくてどうするんです？　誰が運んでくれるんです？」

「それを相談するんです」

と中川は肯いた。「坂口さんの奥さん以外の人は、そうひどい傷ではない。いや、放っておけばどうなるか分りませんが、今すぐにどうこうということはないでしょう。だから、一応、奥さん一人を、けがしていない者が二人がかりで運ぶことにしたいのです」

「二人はいらんよ」

と、轟が言った。「私一人で充分です」

「そりゃ無茶ですよ。いくら女性といっても、軽くはない」

「任せて下さい。こう見えても、私は大学時代、山岳部にいて、重い荷物には慣れてるんです」

轟は軽い調子で言って、「それに山道といっても、別に急な崖をよじ登るわけじゃない。

歩くだけでしょう。楽なもんですよ」

「そう近くはありませんよ」

「心配いらんですよ。私は慣れています。——いや、坂口さんがどうしてもだめとおっしゃるなら別ですがね」

「そんなことは……」

坂口は弱々しい調子で言った。「ただ、美紀が、僕なしで大丈夫かと思って」

「それはあなたが話してみるんですな」

轟は言った。「——話が決ったら、いつでも言って下さい」

轟は庭の方へ出て行った。

「坂口さん、奥さんに話してみますか」

「ええ……。そうですね」

坂口は、まるで他人のことのような口調で言った。

中川は庭へ出た。

「——中川さん」

容子が、垣根越しに声をかけて来た。

「ああ、今、坂口さんの奥さんのことで相談していたんです。轟さんが一人で背負って行くと言ってるんですよ。——どうかしましたか?」

「あの……ちょっと来ていただけませんか」

容子は、不安げな様子だった。

「待って下さい」

中川は垣根の壊れた所から外へ出ると、容子の方へ歩いて行った。

「裏の、ポンプのところなんですけど……」

容子は先に立って歩いて行く。「娘が、怪獣の足跡だって言うもんですから――」

「何の足跡ですって？」

「分らないんです。――見て下さい、あれなんですけど」

中川は、容子の指さす方へ目を向けた。――四つの、大きな凹みが見て取れる。

「これは……」

中川は近づいてかがみ込んだ。

「何でしょうか？　まさか足跡なんていうことは――」

「足跡なら、とてつもなく大きいですね。きっと何かの落ちた跡か何かでしょう」

「そうですか」

「いや、私もよくは分りません。――お嬢さんは？」

「道で遊んでいます」

「その――気を悪くされると困るんですが、お嬢さんが作った穴とは考えられませんか」

「私もそうかもしれないと思って、何度も訊《き》いてみたんですけど、絶対にそうじゃないと言い張るので……」

「そうですか。まあ、心配ないでしょう。こんな大きな動物はこの辺にはいませんよ。それに、こんなのが歩き回ってりゃ、誰かの目についてるでしょう」

「そうですね」

容子は、少しホッとした様子で肯いた。

「ともかく、このことはあまり他の人には言わない方がいいでしょう。――いらぬ心配をする人もいるかもしれませんからね」

「ええ、そうします。うちの子にもよく言っておきますわ」

容子は肯いて言った。「――坂口さんの奥さん、結局山越えを?」

「轟さんが、一人で引き受けると言ってくれましてね」

「まあ――」

「ちょっと神経に障るところもあるが、人は悪くないようですな」

中川が、自分の思うことを言ってくれたので、容子はホッとして笑った。あの大きな足跡のことは、もう忘れかけていた。

居間の方へと中川と容子が戻って来ると、何とも重苦しい光景が、待ち受けていた。

誰も口を利かない。負傷して寝転んでいる人たちも、目をつぶって、寝たふりをしていた。低い泣き声が、間断なく聞こえていた。

坂口が中川に気付くと、足を引きずりながらやって来た。

「困りました。――僕と離れたくないと言って、聞かないんですよ」

「それはしかし……あなたが説得するしかないじゃありませんか」

と、中川は、ちょっとうんざりした顔で言った。「他の人間がどう言ったってむだですよ」

「そうですね……」

容子は、坂口の、半分死んでしまったような顔を見て、これじゃだめだわ、と思った。こんな顔の夫に何か言われても、妻は不安になるばかりだろう。

「全く……困っちまいますよ」

坂口はぐちっぽく言った。「もう助からないから山へ捨てられるんだと思い込んでるんです。まさか、そんなことが――」

「でも、奥さんの身になれば、無理ありませんわ」

と、容子は言った。「私、お話ししてみましょうか」

「そうですか？　お願いします」

坂口はホッとした様子だった。容子は腹が立った。自分の夫がこんな風だったら、即離婚だわ、と思った。

容子は、うずくまったまま泣いている坂口の妻の方へ、歩いて行った。

「心臓が止るかと思ったわ」

と、辻原桂子は言った。「どこにいたの?」

「山の方ですよ」

その男は言った。「死にそうだ、疲れて。——よく無事でしたね」

「奇跡的に助かったの。心がけがいいせいね、きっと」

桂子の言葉に、相手の男は苦笑した。

「お宅を出て、橋の方へ歩きかけてたら、いきなりグラグラッと来たでしょう。——僕は地震ってやつに弱くてね。腰が抜けて立てなくなっちまったんですよ」

ワイシャツは泥だらけになって、ネクタイも首からただぶら下がっているだけだった。

木内《きうち》というセールスマンで、つまりは桂子の浮気の相手であった。まだ二十七、八の、独り者だ。

「どうして山の方なんかに——」

「だって、ご主人がえらい勢いで走って来るのが見えたからですよ。よく考えりゃ、別に逃げ出す必要なんかないんだけれど、あのときはあわててましたからね。追いかけられてるような気がして一目散に走ってたんです」

「臆病《おくびょう》なのね。私がどうなったか、心配にならなかったの?」

「なりましたよ、ずっと後でね」

正直な男だ。桂子は笑ってしまった。——浮気の相手なのだから、心配して助けに来いと言う方が無理だろう。

「あっちへいらっしゃいよ。水一杯ぐらいなら飲めるわよ」

「ありがたい」

木内は息をついた。「——ご主人は？　まさか知らないんでしょうね」

「知ってるわよ。何しろ、まだ裸でいるところへ地震が来て、助け出されたんだもの」

「それじゃ——」

「相手が誰かは知らないから、心配しなくても大丈夫。そういうことを訊いて、妻を苦しめる人じゃないのよ」

二人は、中川の家の方へ歩き出した。

「ウォーッ！」

と、唸《うな》り声を上げて、みゆきが二人の前へ飛び出して来た。

「ああ、びっくりした」

と、桂子は言った。「一人で遊んでるの？」

「うん。チカちゃん、どこかに連れられてっちゃったんだよ」

「連れられて？——どこに？」

「知らない。怪獣が出たんだもの。きっとチカちゃんをくわえて行っちゃったんだ」

「まあ、怖いわね」

「さて、どこにいるのかな。捜して来よう」

みゆきは、元気良く駆けて行った。

「いいわね、子供は。どこにいてもちゃんと遊んじゃうんだから」

桂子はそう言って、木内の顔を見た。木内は、何だかぼんやりと考え込んでいる。

「どうかしたの?」

桂子が訊くと、木内は我に返って、

「あ——いや、何でもないんです」

と言って歩き出した。

「非常食が少しは取ってあるわ。でも、ほんの一口しか分けられないけどね」

と、桂子は言ったが、木内は耳に入らない様子で、

「この辺には、何かいるんですかね」

と言った。

「〈何か〉って、何のこと?」

「いや——動物が、ということです」

「そりゃ犬や猫ぐらいいるかもね。でも、この町じゃ、誰も飼っていなかったわね。みんな、そういつまでもいる気はなかったんでしょう」

「いや、そういうものじゃなくて……」

と、木内は言いかけてためらった。

「じゃ、何の話?」

「もっと大きな——熊とか」

桂子は笑い出した。

「やめてよ。いくらここが山の中だからって……。ウサギぐらいはいるみたいだけど、熊だなんて。一体どうして、そんなこと、考えたの？」

木内は笑わなかった。ただ、ちょっと肩をすくめて、

「何でもないよ」

とだけ言った。「――ひどいことになったなあ」

「橋は落ちちゃってるし、山の道だって、どこで崩れてるか分らないんだものね。お先真っ暗だわ」

「ただ、待ってるんですか」

「他にしょうがないじゃない？　私たちの力なんて、知れたもんよ」

「そうだな……。きっと助けが来ますよ」

と木内は言ったが、まだ何か他のことに気を取られている様子だった。「――あ、痛っ」

「どうしたの？」

「いや、ゆうべ山の中で眠って、枝か何かで足を刺したらしいんです。大した傷じゃないんだけど」

「救急箱があるわ。一応消毒だけでもしとかなきゃ」

桂子は、何気なく木内の腕を取った。

「大丈夫？」

「大丈夫、歩けますよ」

と、木内は肯《うなず》いて見せる。

「ほら、中川さんの所はすぐそこだから――」

「桂子」

と、突然後ろから声がかかった。

不意のことで、桂子もギクリとして、あわてて木内から手を離した。

辻原が、道をやって来る。道は一本で、ずっと見通せるのだから、辻原は二人をずっと見ていたのに違いなかった。

「あなた……。どこに行ってたの？」

桂子はつくろうような笑顔を見せて言った。

「橋の所さ。人の姿が向う側に見えないか、見張っていたんだ」

辻原は、表情のない目で、木内を見ていた。

「何か――見えて？」

と桂子は訊《き》いた。

「いや、車の音一つ聞こえないし、犬の姿も見えない。今、西野《にしの》さんと交替して来たんだ」

そう言ってから、辻原はやっと訊いた。「この人は？」

「宝石のセールスをしている木内といいます」

と、名乗って、「ちょうど地震に遭いまして……」

「それは災難でしたね。ゆうべはどこに?」

「山の方へ少し入った所です。暗くなると動くこともできなくて……」

「それはそうでしょう。――あそこがこのいわば〈救護所〉です。足をけがしてるんですか? 手当しないと、破傷風にでもかかっては大変だ。桂子、手当してあげたらどうだ」

辻原の言い方は、至って自然だった。桂子は、戸惑いながら、木内の腕を取って、中川の家の庭へと入って行った。

辻原は、それを見送ってから、自分は中へ入らず、崩れた垣根の石の一つに腰をおろした。左手が上衣《うわぎ》のポケットに入って、中に入っている物を確かめる。――厳しい表情だった。

庭から出て来たのは、川尻容子だった。疲れ切った様子で、肩を落としている。

「どうしました?」

と、辻原が訊いた。「あ、辻原さん。――今、坂口さんの奥さんを説得していたんですの」

「かけませんか。あんまり座り心地は良くないけど」

と、辻原は言った。

容子が事情を説明すると、辻原は肯いて、

「それは大変でしたね。で、結局は?」

「何とか納得してもらえましたわ。でも、あんなに泣かれると、何だか私、あの人をいじめてるみたいで」

「人間、大けがをしたり重病になれば、心細くなるんですよ」

「それにしてもあのご主人、あんなに煮え切らない人だとは思わなかったわ」

疲れのせいか、つい感情がむき出しになって、容子はすぐに、「あ、ごめんなさい」と顔を赤らめた。

「——それにしても、轟さん一人であの奥さんを運んで行くのは、楽じゃないでしょうね。僕も協力してあげたいが……」

「奥様がいらっしゃるじゃありませんか」

「そうですね」

辻原は、少し間を置いて、「奥さん、これに見憶《おぼ》えはありませんか」

と言った。

上衣のポケットから出したのは、子供の、赤い運動靴だった。

「子供用ですね。——うちの子のじゃありませんわ。みゆきはもう22をはいてるんです。これは21のサイズで……」

容子は手に取って眺めていたが、「待って下さい……。これは、チカちゃんのだわ」

と言った。

「確かですか」

「ええ。確か中に名前が……。ほら、消えかかってるけど、〈小山〉と読めるでしょう?」

辻原は、覗《のぞ》き込むようにして、

「ああ、そう言われれば。ただの汚れかと思っていましたよ」

と肯いた。

「あの——この靴はどこで?」

「それが……」

辻原は、それだけ言って、言葉を切った。ちょうど、小山好江がやって来るのが、目に入ったのだ。

6　行　動

「心配いりませんよ」

と、轟は、ニヤリと笑って見せた。

それは文字通り、ニヤリと言うにふさわしい笑い方で、容子は、何となく、こんなときにそぐわないものを感じた。

坂口美紀は、轟の背におぶさって、まるでもう命のない者のように、虚《うつ》ろな目をしていた。

「早く行った方がいい」

中川は空を見上げた。「もう三時ぐらいにはなっているだろう。途中で夜になると厄介だ」

「なあに、二時間ありゃ、奥さんを背負ってたって、充分に山は越せますって」

轟は坂口美紀と自分の体を縛りつけているベルトをもう一度締め直した。

山への上りが始まるところまで、元気な者は、何となく見送りに来ていた。もちろん、坂口も、中川と辻原に両方の肩を支えられて、やって来た。

「──美紀、しっかりしろよ」

と、坂口が声をかけても、美紀は返事をしなかった。

「足の出血が特にひどい。足のつけねのところを縛ってあるバンドを、時々ゆるめて下さい」

と、中川は言った。

「任せて下さい。山で応急処置も勉強したんだ」

轟は、水を入れたポリ容器を手に、「じゃ、向うへ着いたら、すぐに助けを寄こしますからね」

と言って、歩き出した。

足下はしっかりしていて、山歩きの経験があるというのも本当らしい、と思わせた。

道は、すぐに曲って、視野から消えている。轟と坂口美紀の姿が見えなくなると、誰からともなく、町の方へと戻って行った。

「無事に着くといいですね」

と、容子は低い声で言った。

辻原が、

「我々のためにもね」

と肯いて言った。「──坂口さんを連れて行ってから、すぐに戻ります。庭の前にいてくれますか」

「はい」

容子はそう言って、みゆきの姿を捜した。

みゆきが、壊れた家の近くへ行って、何やらかき回していた。

「みゆき！——危いからだめって言ったでしょ！」

と、容子は大声で言った。

みゆきが、手を払いながら飛んで来る。

「オモチャがね、バラバラになってたんだよ！」

「そう。でもね、ガラスや何かが沢山割れて落ちてるから、近づかないのよ」

「はーい」

みゆきは、素直に言って、「お腹空《す》いた。クッキー食べていい？」

「そうね、一枚いただいてらっしゃい」

非常用の乾パンのことである。容子などには、およそ食欲の湧かない食物だが、みゆきには却《かえ》って珍しくて、面白いらしい。

みゆきが中川の家の居間へ走って行くのを見送っていた容子は、小山好江が、垣根の前にうずくまっているのに気付いた。

「小山さん」

と呼びかけると、好江が顔を上げる。

奇妙にゾッとするような、表情のない、無気力な顔だった。

「今から、辻原さんたちと、チカちゃんを捜しに行ってみますわ。――どうします？　一緒に行きません？」

妙な質問だった。当の行方不明の子の母親である。他人が行かなくても、捜しに行くと言い出すのが当然だろう。

ところが、好江はゆっくりと首を横に振った。

「ここにいるわ」

と、あまり関心のない様子。

容子は、腹を立てる前に、呆《あき》れてしまった。一体、どういう母親なのだろう？

しかし、実際は、好江が同行しない方がいいかもしれない、と辻原は言っていたのだ。

それにしても、母親の気持として、容子にはとても理解できない。

庭へ入って行くと、みゆきは庭へ降りる縁側に腰をかけて、乾パンを大事そうにかじっている。

「みゆき、ここにいてね。チカちゃんを捜しに行って来るから」

みゆきが黙ってコックリと肯《うなず》いた。

辻原が出て来た。

「行きましょうか」

「中川さんは――」

「お疲れのようなんで。考えてみれば当然でしょう。一番高齢なのに、一人で何もかも引き受けて頑張っておられるんですからね」

「そうですね。じゃ、行きましょう」

容子は、辻原と二人で、町の中の道を歩いて行った。――気のせいか、少し太陽の光が力を失っているようだ。

「すみませんね」

と、辻原は言った。「本当なら、うちの女房でも連れて来ればいいんですが」

「そんなこと……。でも、小山さんの気持が分りませんわ」

「放心状態なのかもしれませんよ。ともかく、僕としても確信があることは一つもないんです」

「でも、そんな上の方で、チカちゃんの靴が――」

「奇妙でしょう？　いくら変った子でも、こんなときに、山の中へ入って行こうなんて、するでしょうか？」

「分りません」

容子は正直に言った。「でも、あの子はちょっと変ってるんです、本当に」

「靴が片方だけ残ってる……。これはあんまりいい徴候じゃありませんよ」

と辻原は言った。

二人は、橋のあった谷の方へと足を向けた。

「――何があったんでしょう？」

と、容子は言った。

「分りません。まさか……」

「え？」

「いや。――何でもありません」

辻原は、首を振った。

あの、一瞬木の間を横切った影。あれが、チカという子だったのか？　辻原はそう自分に問いかけてみる。辻原の瞼《まぶた》の残像も、記憶も、否と言った。

あれは、小さな女の子などではない。木から木へ、たっぷりと渡っているほどの大きさがあったのだ。もちろん、錯覚でなかったとは言い切れない。

だが、この靴を見付けたのは、正に、あの影が見えた辺りなのだった……。

「橋の所には誰が？」

と、容子は訊《き》いた。

「西野さんの奥さんです」

「ああ、それなら……。手をけがされていませんでした？」

もう五十がらみの威勢のいい主婦で、「婦人会長」というニックネームがあった。

もちろん、この小さな町にそんなものはないが、もし、できていれば、間違いなく西野早苗《さなえ》が会長に選ばれていただろう。

といって、決して威張っているとか、口やかましいというわけではなくて、カラッとして男っぽい、気持のいい女性だった。

「けがのことなんか一つも言わないで、よく動いてくれますよ」

と、辻原は言った。「うちの奴にも見習わせたい」

「奥様のことをそんなに——」

と、容子は言った。

「さっき、一人新入りがいたでしょう」

「男の人？ セールスマンとかおっしゃってましたね」

「女房の浮気相手なんですよ」

どうしてこんなことをしゃべっているのだろう、と辻原は思った。恥をさらすようなことではないか。

容子は、ちょっと表情をこわばらせた。

「滅多なことをおっしゃるものじゃありませんわ」

辻原は後悔した。せっかく心を許して話のできる相手を見付けたと思ったのに、自分から突き放すような真似をしてしまった……。

「すみませんでした。つい、こらえていられなくなって……」

容子は口を開きかけて、

「——どうしたのかしら？」

と、足を止めた。

橋のあった場所が、見通せる所まで来ていた。西野早苗が、二人の方へ、飛びはねんばかりに手を振っている。

「何かあったんですか！」

辻原が駆け出しながら、大声で言った。

「人が――向うに、人が――」

と、西野早苗が叫んだ。

容子も見た。谷の向う側、橋の残骸《ざんがい》が見えているあたりに、人の姿がある。興奮で、息苦しいような思いだった。急いで、辻原の後を追う。

「――ほら、あの人よ」

と西野早苗も声が震えている。「呼んでるけど、返事しないの」

辻原は少し前へ出ると、

「おーい！」

と叫んだ。「誰か――連絡して下さい！　こっちが孤立してるんだ！」

声は、届いているはずだった。そんなに遥《はる》か遠く離れているわけではない。

容子の目には、四十前後の、ありふれたサラリーマンと見えた。背広らしい服装で、ネクタイはしていないようだ。

「おーい！　何か言って下さい！」

と辻原は叫んだ。「聞こえますか！」

その男は、橋の残骸の所に立ち止って、じっと容子たちの方を眺めている。しかし、まるで、容子たちの姿が目に入らず、辻原の声が耳に届かないかのように、何の反応も示さないのである。

「どうしたんでしょう?」

「分りませんね。ショックでぼんやりしているのか……。西野さん、あの男、一人でしたか?」

「それが分らないのよ」

と西野早苗は言った。「気が付いたら、あそこに立ってたって感じね。しばらくは、幻じゃないかと思ってたくらいだもの」

「そうですか。しかし――弱ったな」

「もっと呼んでみましょうよ」

と容子は言って、手を振った。「ここですよ!――返事して下さい!」

「おーい! 聞こえたら手を上げて! 聞こえるか!」

三人は口々に叫び、手を振った。

「いたた……。けがしてたんだわ、こっちの手」

と、西野早苗が情ない顔になる。

「――見て! 手を上げたわ!」

と容子が叫んだ。

ほとんど気付かずに、容子の声は、絶叫に近くなっていた。

その男は右手を軽く上げて、肯いているように見えた。

「誰か呼んで！　助けがほしいの！」

と、早苗が叫ぶ。

「大勢取り残されてるんですよ！　早く救援を――」

「けが人もいるんです！」

三人は、続いて起こったことが信じられなかった。

その男は、壊れた橋へ向って足を踏み出したのである。二、三歩進んで、そのまま、ためらいもせず、何もない空間へと足を踏み入れた。

男は声一つ上げずに、落ちて行った。

容子は、あの男の人の声を聞かなかったわ、と思った。

「――危い！」

辻原に引き戻されて、容子はハッとした。つい、前へ出かかっていた。――崖《がけ》のへりが、崩れやすくなっているのだ。

「すみません……私……」

「いや、いいんですよ」

辻原も青ざめていた。

「どうしたの、あの男の人？」

と、早苗が、やっと口を開いた。

「分りませんね」

「だって――落ちちゃったじゃないの！」

「そりゃ分ってますよ。でも――理由は見当もつかない……」

辻原は、男がいたあたりの空間を、ぼんやりと見つめていた。


中川の家へ戻ったのは、そろそろあたりが薄暗くなる頃だった。

容子が見ると、みゆきは、居間の隅で眠っていた。やはり、みゆきなりに緊張し、疲れているのだろう。

「木内さん」

辻原が、あのセールスマンに声をかけて、あの、谷の所の見張りを頼んでいた。

辻原が言ったことを、容子は思い出した。あの木内という男と、辻原桂子が浮気していた、ということだった……。

「分りました」

木内という男は、すぐに立ち上った。

「夜中に交替しますから。それまでお願いしますよ」

辻原は、出て行く木内にそう声をかけて、それから中川の方へと歩いて行った。

容子は、チラリと見て、横になった中川が、大分疲れているらしいと思った。それでも、辻原が傍に座ると、すぐに目を覚ました様子だ。

大丈夫かしら、と容子は思った。

それにしても、暗くなり始めると早い。容子は、みゆきのそばに横になって、真っ暗になってから、みゆきが目を覚ました場合にも心配させないようにした。

チカの母親を捜そうかとも思ったが、近くには見当らなかったし、捜している内に夜になったら、みゆきとはぐれかねない。

それに、チカのことで、小山好江に知らせることは、一つもなかった。

一応、辻原について急な斜面を少し上り、靴が見付かった所へ行って、その近くを調べてみたのだが、何も見付からなかったのだ。

あの崖から、さっき自分がしたように、身を乗り出して落ちたのかもしれない、と容子は思った。

それにしては、靴があんな高い所にあったのはおかしい……。

辻原が、容子の方へやって来た。

「――奥さん」

「はい」

「さっきの――あの男のことですが」

と辻原は声をひそめて、「他の人たちにショックになるといけないので、黙っていて下さい」

「分りました」

「——あの子の母親は?」

「姿が見えません」

「そうですか。——また暗くなってしまう」

容子は、庭の方へ目を向けて、

「坂口さんの奥さんたち、無事に山を越えたのかしら」

と言った。

「大丈夫ですよ、きっと。——今夜の内には、誰かが助けに来てくれる」

辻原は、桂子が庭の方へ降りようとするのを見て、「どこへ行くんだ。暗くなるぞ」

と声をかけた。

「ちょっと裏に行くのよ」

と、桂子は言った。

トイレが使えないので、女性は、裏手の茂みを使っていたのだ。

「辻原さん」

と、容子は言った。「あの子——チカちゃんは、どうなったんだと思います?」

「さあ……。ともかく手がかりが一つもない——いや靴だけしかないんです。捜しようがありませんよ」

「でも何か考えはおありなんでしょう?」

辻原は、ためらって、

「――想像で物を言っても、何の足しにもなりませんよ」

と逃げた。「ともかく用心することです」

「用心？――何にですか」

「いや……色々なことに、ですよ」

辻原は、立って行ってしまった。

みゆきが少し身動きして、容子はその方へと注意を向けた。――辻原が何を言おうとしていたのか、考えるのはやめた。

夜になるまで、もう、あまり間がない、と思っている内に、居間には、夜の暗さが、目に見えるほどの速さで、忍び入りつつあった……。


「――暗くなりますね」

轟は言って、立ち上った。

坂口美紀は、草地の上に、横になっていた。――不安が、美紀を捉《とら》えていた。

轟は、山道を半分ほど来た所で、一休みすると言って、彼女を降ろし、しばらく姿を消していたのである。

やっと戻って来ると、今度はのんびりとタバコをふかし、暗くなりかけて、やっと立ち上る。

「向うへ着きますか」

と、美紀は、力のない声で言った。

「向うへですか」

轟はタバコを投げ捨てた。「ねえ、奥さん。私が只《ただ》でこんなことをすると思ってるんですか?」

轟は、低い声で、笑った。

7　赤い眼

明日《あした》も晴れそうだな。

黄昏《たそが》れる空を見上げながら、木内は、呑気《のんき》なことを考えていた。——こんなことになったが、晴れているのが、まだしもである。これで雨にでもなったら、一体どうなるか……。

今夜は月が出るだろう。月明りがあれば、大分助かる。

木内は、落ちた橋のあった辺りを、ぼんやりと眺めた。

「ツイてないや、全く」

と呟《つぶや》く。

いつもなら、こんな所をセールスに回ったりはしない。宝石を買うような家は一軒だってないのだから。

それが、たまたま、ものは試しとやって来て、辻原桂子に出会ったのだ。訪問先の人妻との火遊びは、これが初めてではない。しかし、確かに、桂子には、一度で終らせてしまうには惜しい魅力がある。

亭主が淡白なせいもあるのか、一目で木内を気に入って、その日の内に抱かれたがった。

それ以来、この近くを回るときは、ここへ寄るようにしていた。

おかげで、帰るに帰れないという状態になってしまったが、それはまあ身から出たさびとでも言おうか、グチったところで始まらない。

地震となればガラスの破片が雨のように降ってくるオフィス街よりは、こういう、山の中の方が安全かもしれない。もっとも、忘れられて、救助も来ないというのでは困ってしまうが。

次第に暗さが増して来た。まだ、物の輪郭はぼんやりと見えているが、それ以外は何も見えない。

風が起こって、頭上の木立ちを吹き抜けて行った。枝が揺れて、音をたてる。木内は一瞬身震いした。

あれは一体何だったのだろう?——ただの幻覚に過ぎなかったのか。それとも、本当に何かがいたのだろうか?

「木内さん——いる?」

桂子の声がした。白っぽい影がやって来る。

「どうしたんです、こんな所へ」

「あら、冷たいのね」

近くへ来ると、やっと桂子のいたずらっぽい笑顔が見分けられた。「異常なし?」

「ありませんよ。——死に絶えちまったんじゃないかな、人類は」

「また、大げさね。でもそうなったら、面白いわね。ここに生き残った人たちだけが、人類の生存を担ってるってわけか」

「あなたは何でも冗談にしちまうんだ」

木内は苦笑して言った。

「いいじゃない。深刻に悩んだって、助けが来るわけじゃないわ」

それは確かに真理かもしれない。――桂子は木内の首に腕をかけた。

「――する元気、ある？」

「冗談じゃない。こんなときに、いくら僕だって――」

「こんなときだからこそ、じゃない。これでまた大地震でも来て、みんな死んじまったら、それっきりよ。悔いを残して死にたくないわ」

「呆《あき》れたな、あなたには」

「それによ……」

と、桂子は木内にキスしながら、言った。

「人類が死に絶えないようにしなきゃ……」

木内は笑い出した。この女には、いつまでも腹を立ててはいられないのだ。

「まあいいでしょう。でも足をけがしてるんだ。――乱暴なのは困りますよ」

「私だってまだ少し胸のあたりが痛いのよ」

桂子は、木内の手を取って、前をはだけたブラウスの中へと導いた。「ほら、この辺が

「……」

桂子の声は、少しかすれていた。

「だけど……ここじゃ、いくら何でも……」

「来て」

と、桂子は木内の手を引張った。

「どこへ行くんです？　あんまりここを離れるとまずいけど——」

「こんなに暗くなってから、誰が来るもんですか」

「まあいいけど——」

木内は一緒に歩き出した。「でも僕らだって、真っ暗じゃ困るじゃありませんか」

フフ、と桂子が笑う声がしたと思うと、彼女の手から、一条の光が地面に走った。

「それは？」

「ペンシルライトよ。さっき、壊れた家の近くで拾ったの。これだけでも、大分違うでしょ」

「そりゃそうだ。——まだ電池は充分持ちそうですね。さっき、けがした奥さんが運ばれていったけど、持たせてやればよかったのに」

「あの後で見付けたのよ」

と、桂子が言った。

嘘だ、と木内には分った。まず自分の安全が優先する。それが桂子の哲学である。いや、安全だけではない。人生を楽しむ権利は、まず自分にある、と桂子は思っているのだ。

「ここからは消すわ。人目につくとまずいものね」

「でも、どこへ――」

「轟さんって、さっき、けがした奥さんを背負って行った人がいたでしょ？　あの人の家の庭に、プレハブの物置があってね、余分な布団が積んであるの」

「よく見付けましたね」

「たまたまよ。地震でも別に倒れてもいないし、扉が外れてるけど、立てかけときゃ、閉ってるように見えるわ」

家が並んでいる、その裏手を、二人は抜けて行った。時々、桂子がペンシルライトを点《つ》けて、確かめる。

「――ここだわ。ほら、そこに垣根が切れてるところがあるでしょ」

予《あらかじ》め、ちゃんと調べてあったのだ。木内は感心するやら呆れるやらだった。

なるほど、却《かえ》って、軽い造りのせいか、プレハブの、四畳半ほどの大きさの物置は、見たところ、至って正常を保っている。

「さ、扉をどけて。――中へ入りましょ」

二人は、狭苦しい物置の中へ入り、扉を内側から元の通りに、入口を塞《ふさ》ぐようにたてかけた。

小さな光が中を照らす。――積み上げてあった布団が、崩れていて、ちょうどうまい具合に床に重なっている。

「いいでしょ？　子供の頃に、よく空家なんかへ忍び込んだ、そんな気分ね」

桂子は楽しそうですらあった。「ライトを持っててくれる？」

木内が持つライトの、小さな光の輪の中に、桂子の肌が光った。

「来て……」

横たわった裸身の上に、木内が覆いかぶさって行く。ペンシルライトは、床の上に、コトン、と落ちて、多少は傾いているのか、床の上を転がって行った。

桂子は、もう我を忘れて、木内にしがみついていた……。


「――どうしたの？」

と、桂子が訊《き》いた。

肌が汗ばんで、息が荒い。こんな状況の中にいることが、却って桂子の官能を刺激したようだった。木内は、何となくのり切れないままに事を終えていた。

「気になってね」

「主人のこと？　大丈夫よ。真っ暗なんだもの。分りゃしないわ」

「今夜は月が出てますよ。多少は明るい」

「平気よ。夫婦喧嘩《げんか》してるときじゃないでしょう」

桂子は、木内の胸に顔をのせた。「――どうなるのかしらね、これから」

「さあね……」

木内は暗い天井を眺めて言った。「行方不明になった子供がいたでしょう。どうなったのかな」

「まだ見付かってないみたいよ。たぶん、どこかにいるんでしょ」

桂子は気にもとめていない様子だった。

「橋の所へ戻らなくちゃ」

と木内は起き上った。「夜中に交替に来ると言ってたから、いなくちゃ変に思われるでしょう」

「まだ夜中には間があるわよ。――それにしてもお腹空《す》いたなあ」

「そうですね。非常食の乾パンだけじゃ……。ここに何か置いてないのかな」

「布団ばっかりよ」

「捜してみましょう。物はためしだ」

木内は、ペンシルライトを手探りで捜し回った。何とか見付けてつけると、桂子の裸身が闇の中に浮び上る。

「いやね、やめてよ」

と桂子は笑って言った。

「さあ、起きて。――その下あたりをひっくり返してみましょう。食物はなくても、何か役に立つものがあるかもしれませんよ」

「そうね。——待って、服着るから」

桂子が起き上って、服を手早く着る。木内も服を着ると、ライトを桂子に持たせて、今まで寝ていた布団をどかしてみた。

「——布団ばっかりね」

「いや、その奥に、何か大きな箱がありますよ。着る物でも入ってれば、ないよりはいいでしょう」

「そうね。汗かいちゃったから、下着の替えがあるといいわね」

「——重い箱だな」

プラスチック製の大型の衣裳《いしよう》ケースである。木内は手前の方へとそれを引きずり出して、息をつくと、蓋《ふた》をとめた荷物用のテープをはがした。

蓋を開けると、古いカーテンらしい布が広げてある。

「その下に何かありそうね」

と桂子が覗《のぞ》き込んで、布をめくってみた。

ペンシルライトの光に、女の顔が浮び上った。

白眼をむいて、じっと二人の方をにらんでいるように見えた。土色の顔、口が開いて、舌が覗いている。首に、太い紐《ひも》が、深々と食い込んでいた。

「何よ……何よ、これ……」

桂子が、その場にしゃがみ込んでしまった。

「どうなってるんだ！」

木内の声も震えていた。「ライトを！　しっかり持って！」

「私……私……知らないわよ！　こんな……こんなこと……」

桂子はガタガタ震えていた。

「これは——誰です？」

「奥さんよ、轟さんの。——ああ、どうなってるの？」

「首を絞められてる。何てことだ！」

「あなた、何とかしてよ！」

と、桂子が叫ぶように言った。

「しっかりして！」

「知らないからね、私……知ったことじゃないから……」

桂子はライトを投げ出すと、物置の扉を押し倒し、転るようにして走り出て行った。

木内は、ライトを拾い上げた。——こんなときだからか、あまり恐怖は感じなかった。

もう一度、衣裳ケースの中を照らしてみる。——確かに、女は絞め殺されていた。

しばし、頭が混乱して、木内は何も考えられず、その場に立っていたが、やがて、どうしたものか、と考え出した。

轟という男の、これが妻だとすると、一体なぜこんな所で殺されているのか。——おそらく、殺したのは夫だろう。

「そうか」

と、木内は呟《つぶや》いた。

轟が、あのけがをした女性を運ぶ役を買って出たのは、ここから逃げ出すためだったのだ。何か理由があって妻を殺し、死体をここへ隠して、さてどうしたものかと考えているとき、地震が来た。――幸い、生き残ったものの、ここに止《とど》まれば、やがて妻の死体が発見されるかもしれない。

一刻も早く、ここから出て行くのに、けが人を運ぶというのは、一番いい口実だったに違いない。町へ出れば、その混乱に紛れて、たった一つの殺人事件など見向きもされないだろうが、ここにいて、発覚すればただでは済まないだろう。

だが、そうなると――あのけがをした人妻はどうなっているだろうか？

轟という男にしてみれば、ここを出てしまえば、もう、けが人は逃亡の邪魔にしかならない。可哀そうだが――途中で放り出されるか、殺されているか、そのどちらかだろう。

これは黙っているわけにはいかない。木内は、ちょっとためらったが、あの中川とかいう、年輩の男に話そう、と思った。監視をさぼっていたのは、何とか言い訳ができる。

「――気の毒に」

と、呟いて、木内は、死体をもう一度、布で覆ってやった。

ゴーッという、低い響きが、木内の腹を震わせた。一瞬、地鳴りか地震かと思ったが、そうではなかった。――昨日の音だ。

木内は、全身の血が凍りつくような気がした。あれだ。ゆうべ、山の中で、彼のすぐ近くを通って行った声だ。

グオー——という、声とも言えない響きを、それはたてていた。メリメリと音がした。桂子が押し倒して行った扉を、踏みつけたのだ。

やめてくれ！　あっちへ行ってくれ！

木内は心の中で叫んでいた。振り向くのも恐ろしい。じっと座って、動かなかった。

——沈黙が来た。

木内は、自分の心臓の鼓動が、物置に反響しているような気がした。——静かになった。いなくなったのか？　行ってしまったのだろうか？

そうだ。おれは運の強い男なんだから。きっとそうだ。きっと。

木内は振り向いた。真赤に燃えるような目がそこにあった。

川尻容子は、ふと目を開いた。

月明りが、居間の中にも射し込んでいる。昨日のような闇夜ではない。それだけでも、救われるような思いだった。

横にいるみゆきの寝顔も、はっきりと見てとれる。

体を起こして見渡すと、寝ている人々の姿が、白い光に照らし出されている。ゆうべは、底知れない深さに思えた闇が、今夜は、現実的な広さを持っている。

庭に、誰かが立っていた。――辻原だ。

妙なことに、後ろ姿が見えただけで、それが辻原だと分った。少しためらってから、容子はそっと起き上ると、寝ている人たちの間をよけて、庭へと降りて行った。

物音で、辻原が振り向いた。

「――今晩は」

と言ってから、容子は、ちょっと笑った。

「何か変ですね、こんなときに」

「光がある、っていうのは、いいもんですね」

「本当に」

容子は、白く輝く月を見上げた。「――おやすみにならないんですか」

「今まで眠っていたんですよ。――家内の姿が見えないので」

「まあ、どうなさったんでしょう」

「運の強い奴ですから、心配はありませんがね」

と、辻原は言った。「そろそろ、見張りを交替しようと思いまして」

「ああ、あのセールスマンの方と……」

容子はちょっと言葉を切った。「でも、大丈夫ですか？　辻原さんもあまり無理をなさると……」

「いや、大丈夫。まだ若いですからね。自分で言うのも変かな」

と辻原は笑顔になった。

「——坂口さんの奥さん、無事に着いたでしょうか?」

「そう願いたいですね。救援も来るだろうし……」

辻原はちらっと山の方を見て、「中へ入っておやすみなさい。僕は、家内が戻って来るのを、もう少し待っています」

「ええ。——そうしますわ」

容子は戻りかけて、振り向いた。辻原が、道へ出て、じっとたたずんでいる。

あのセールスマンの所へ、妻が行ったのではないか、と思っているのだ。だから、行くのをためらっている。

容子は、居間へ入った。みゆきはよく眠っている。一緒に横になってから、容子はもう一度起き上った。

小山好江の姿が見えない。

——辻原は、町の中の通りを、歩いて行った。

月明りの下では、潰《つぶ》れひしゃげた家々は、まるで前衛芸術の作品か何かのように見えた。そこに、かつて人が住み、暮していたとは信じられないようだ。

何十年のローンで買った家も、こうなってしまうと、ただのガラクタに過ぎない。ここに夢をかけ、このために働いて来たのが、何もかも馬鹿らしく思えて来る。

都心の方が、どんなひどい状態になっているのか、想像もつかないが、家もなくなったかわりに、ローンの方も帳消しだろう。それとも、金だけは、がっちりと取り立てに来るだろうか。

——辻原は、桂子があの木内という男の所へ行ったに違いないことは察していた。

苦い思いはあったが、腹は立たなかった。こんなときでも男に抱かれたがっているのなら、そのゆとりが羨《うらや》ましくすらあった。

桂子の場合は、死を前に、捨て鉢になってとか、そんな切羽つまった気持にはならない。そこが桂子らしいところだ。

いわば、生きることに悲壮感を持たないのである。

まさか、道の真中で抱かれているわけでもあるまい。——辻原は、橋の落ちたあたりに木内の姿が見えないので、やっぱり、と思った。

二人で、一体どこへ行ったものやら……。辻原は、昼間、上から転り落ちて来た大きな石に、腰をかけた。

いくつかの心配事がある。——桂子のことは別にして、である。

中川が、ひどく疲れているらしいことが一つだった。年齢からいって無理もなかったが、中川が倒れ、かつ救援が来ないとなると、人々の不安がふくれ上って、どういう事態になるか分らない、ということがある。

そして、行方不明になった少女のこと。

果して何が起こったのか、辻原は想像するのも恐ろしいような気がした。

あのとき、ここで見上げた何かが、生き物だとしたら、それは充分に人間を倒し得る大きさだった。——だが、そんなものが、この近くに住んでいれば、少しは人目についているのではないか。

「そんな馬鹿な！」

と、辻原は口に出して言った。

ただの想像にすぎないではないか。いや、ただの妄想に……。

ふと、人の気配を感じて、辻原は振り返った。——足音らしいものもしないのに、ほんの数メートルのところに、小山好江が立っている。

「びっくりしましたよ。——どうしたんです？」

小山好江は何も言わずに、崩れた崖《がけ》の方へ近寄って行った。

「危いですよ！」

辻原が抱きとめると、好江は素直に戻って来て、

「むだなことです」

と言った。

「え？」

「むだなことです」

と、小山好江はくり返した。

目は、どこか遠くを見ている。言葉も単調で、祈りにも似て聞こえた。

「みんな死ぬんです」

「誰がです?——大丈夫ですよ。きっとチカちゃんも帰って来ます」

「あの子は帰って行ったんです」

「帰って行った?——どこへです」

「神のもとへ、です。当り前じゃありませんか」

好江の口調は、少しも激することなく、淡々としていて、それが却《かえ》って無気味だった。

「人間の時間はもう終ったんです。神の時間が来るんです。私たちはみんな神のもとへ帰らなきゃいけないんです」

辻原は、どうしていいものやら、分らなかった。狂ったとも見えない。言葉は至ってしっかりしているのだ。

「私——帰ります」

「ええ、それがいいですよ。眠った方がいい」

「いいえ!」

突然、好江が叫ぶように言って、辻原はギョッとした。

「神がお迎えにいらしたとき、眠っていては、火に焼かれるだけです。起きて、お待ちしていなくては……」

「そう。そうですね。——ともかく戻りましょう。あなたがいないので、みんなが心配するかもしれない」

「ええ……。心配をかけちゃいけないんですものね。心配かけちゃ……」

「そうですよ。さあ、送って行ってあげましょう」

「いえ、大丈夫……。そう？　あなたは親切ね。神様に申し上げておかなくちゃ……」

「ええ、お願いしますよ。さあ、気を付けて……」

辻原が、好江を抱きかかえるようにして中川の家まで戻って来ると、

「辻原さん！」

と、声がした。

「川尻さん。どうしました？」

容子が、家の裏手から出て来る。

「裏にちょっと――」

と言いかけて、好江に気付き、「どうしたんですか？」

「いや、大丈夫です。待っていて下さい」

辻原は、好江を居間へ上げて、容子の方へ戻って来た。

「今、みゆきがおしっこだというんで裏の方へ連れて行ったんです。そしたら……」

「何です？」

「来て下さい」

容子は辻原の手を取った。辻原は、容子の手の柔らかい感触に、ふっと胸が熱くなるのを感じた。

「ここだよ」

と、みゆきの声がした。

勝手口の傍に、誰かの影がうずくまっていた。近づくと、ひどく酒の匂いがした。

「どうしたんです？」

「酔って倒れてしまわれたらしいんですけど……」

と容子がためらいがちに言った。

「誰です？」

容子は答えなかった。

辻原は、うずくまっている、その男の体を起こしてみた。――月明りに、中川の顔が白く光った。

8 出 発

いつの間にか、眠っていたらしい。

ガクッと頭が垂れて、目が覚めた。——思い切り頭を振る。

居間ではなく、勝手口の上った所にいた。どうしてこんな所にいるんだろう、と辻原は思った。

確かにここは中川の家だが、居間とこの勝手口をつなぐ廊下は、本棚が倒れて、ふさがっているのだ。

「そうか……」

思い出した。中川だ。中川がゆうべ、酔い潰《つぶ》れて、倒れていた。ここに寝かせて、辻原がついていることにしたのだった。

どこへ行ったのだろう？　辻原は、立ち上ると、勝手口のドアを押した。

少し歪《ゆが》んでいるのだろう、ドアがひどくきしんだ音をたてる。外は明るくなりかけていた。

「中川さん」

と、辻原は呼んだ。「――中川さん」

外へ出て、すぐわきを見た辻原は、中川がポンプに腰をかけて、頭を垂れているのを見付けた。

「中川さん。大丈夫ですか?」

と、声をかける。

「ええ。――いや、寒気がしてね」

確かに、ひどい顔色をしている。

「居間へ戻って、横になってらした方がいいですよ」

「酒くさくありませんか」

「もう何ともないようですよ。冷たい水でも飲んで――」

「全く……」

中川は深々と息をついた。「だらしのない話だ」

辻原は、どう言ったものやら、困ってしまった。

「あんまり……気になさることはありませんよ」

「アル中でしてね、私は」

と中川は言った。「入院して治療を受け、何とか治ったんですが……。家内が死んでからは、またたまに口にするようになってしまいました。その手の誘惑から、逃げるために、こんな所へ引っ込んだんですけどね……」

「こんなときです。仕方ありませんよ」

中川は、ちょっと寂しげに微笑んだ。

「こんなときでも飲みたくなるんだから、全く、どうしようもありませんな」

「でも、お酒をどこで……」

「残っていたんですよ、台所の方に。本当なら、けがをした人にでもさしあげればいいんだが、つい隠してしまう。——酒飲みは仕方ありませんな」

「ともかく少しおやすみにならないと……。もう朝になりますね」

「三日目が明けたわけか。救援の来る様子はないようですな。——轟さんたちは向うへ着けなかったのかな」

「いや、大丈夫でしょう。明るくなれば、きっと——。さあ、歩けますか?」

「ええ……。一人でも平気です」

中川は、一夜で十歳《とし》も年齢を取ったかのように、よろけるような足取りで、歩いて行く。

辻原は、それを追い抜くのもためらわれて、しばらくその場に立ちつくしていた。

ふと、目が足下の地面に落ちた。——とてつもなく大きな足跡が、目の前にあった。

「どうなるんだ……」

誰かが呟《つぶや》くように言った。

居間の中は、重苦しく、沈んでいた。

容子は、みゆきに、

「表に行ってなさい」

と言った。

「ママも行こう」

「そうね……」

正直なところ、容子もここから出たくて仕方なかったのである。

少し雲はあったが、青空が広がっている。

「チカちゃんのママ、いないわ」

「そうね。——捜しに行ったのかしら」

と、容子は言った。

辻原が家の横手を回ってやって来た。

「辻原さん。中川さんは?」

「え? 居間へ行きませんでしたか? 大分前に起き出して、歩いて行ったんだが……」

「いいえ、戻って来ませんでしたわ」

「おかしいな……。桂子もいませんか」

「ええ。それに、小山さんも、朝早くどこかへ出て行って——。止めたかったんですけど
——」

「今はみんな参ってますからね」

「中が……やり切れない感じです」

「今日ぐらいが限度かもしれない。――考えていたんですが、けがをした人も、歩けないほどひどい人はそう何人もいない。今日、山を越えてみませんか」

「でも――」

「このまま待っていても、神経が先にやられてしまいますよ」

「そうかもしれませんね」

「それにしても、桂子の奴、どこに行ったのかな……」

辻原の口調に、少し苛立《いらだ》ちが混っていた。

「おばちゃんなら、うちにいたよ」

と、みゆきが駆けて来て、言った。

「え？　どこのうちに？」

「おじちゃんちのお庭に」

辻原は急ぎ足で、潰れた我が家の方へと歩いて行く。みゆきが追いかけて行ったので、容子もあわててそれについて行った。

辻原は、桂子が、倒れた物干台のわきに、膝《ひざ》をかかえた格好で、丸くなって座っているのを見付けた。

「おい、何をしてるんだ！」

辻原が声をかけると、桂子はキャッと短く叫んで飛び上った。

桂子の顔を見て、辻原はびっくりした。桂子が、これほど怯《おび》え切っているのを見たことはなかった。

「どうしたんだ……」

「あの……あそこに……死体が……」

震える声で言って、桂子は辻原にしがみついた。

「死体を見たのか。仕方ないじゃないか、こんなときだ」

「違うのよ！　そうじゃないの！」

「違う？」

「怖かった……。首に何か紐《ひも》が巻きついて、ギュッと絞められてて……白目をむいて、こっちを見てたのよ」

「おい、何の話をしてるんだ？」

「轟さんの奥さんよ。——あそこの庭の物置に——」

辻原は、容子と顔を見合わせた。

「でも——轟さん、奥様は実家へ帰られてるって——」

と容子が言いかけるのを、

「じゃ見てらっしゃいよ！」

と、桂子が遮った。

「あなた……」

「おい、落ち着け！　よし、見て来るからな。お前は中川さんの所へ戻ってろ」

「ええ。――箱の中よ。衣裳《いしよう》ケースの中にいるわ」

辻原と容子が一緒に歩き出すと、心細くなったのか、桂子も後からついて来た。みゆきがその後をスキップしながらついて行く。

「あの物置か。――扉が倒れてるぞ」

物置の前に立って、辻原がカッと目をむいた。

「来ちゃいけない！」

と叫んだときは、もう、容子も、それを見ていた。

「これは……」

おびただしい血の海だった。物置の床から、地面にも流れ出している。中の布団も、まるで、バケツで浴びせたように、血で染っていた。

遅れて来た桂子は鋭く息をのんだ。

「桂子！――こんな風だったのか？」

「いいえ……血なんて……全然……」

みゆきが、ポカンとして、

「どうしたの？　何かこぼしたの？」

と訊《き》いた。

「おいで！」

容子は、みゆきを抱き上げて走った。

辻原は、地面に座り込んでしまった桂子の方を振り返った。

「ここへ来たのか、ゆうべ？――あの木内という男とだな？」

「私……別に……」

「お前の浮気のことなんかどうでもいい！　ここに来たのか！」

桂子は肯《うなず》いた。――辻原は、倒れている扉を持ち上げると、血の広がる床へ置いて、そこへ足をかけた。

「このケースか？」

「ええ……」

死体は残っていた。確かに、轟の妻である。――辻原は、表に出た。吐きそうな気分だった。

「お前が出て行ったとき、ここに木内が残ってたのか？」

「ええ……」

桂子は涙声になっていた。「あの人とは……ほんの遊びで……」

辻原は首を振った。

「責めやしないよ。――轟の奥さんの死体はそのままだ。誰の血だと思うんだ？」

桂子は、涙に濡《ぬ》れた顔で、ポカンとしながら、夫を見ていた……。

「何かがいるんだ」

と辻原は言った。「それは確かですよ」

「分らん……」

中川は首を振った。「どういうことなんだ、これは？」

「今見た通りですよ」

と、辻原は、血で染った布団の山を指さした。「あの血は、少々の傷とは思えない。それに、お宅の裏の足跡。——女の子が一人、そして、あのセールスマンが消えている。何かに襲われたんです。他に考えられない」

「しかし、何に？　この辺に、そんな大きな獣はいない！」

「いるかもしれませんよ。熊とか……」

「熊か。そんな馬鹿な！」

中川は、頭をかかえて、うずくまった。

「大丈夫ですか、中川さん？」

「分っていますよ……。私にも分っている。他に考えようはない。——ただ、考えたくないだけです」

中川は大きく息をついた。「疲れてるんでね。——もう大丈夫」

「問題は他にもあります」

と、辻原は言った。

事務的に話をした方が、却《かえ》って中川にはいいだろう、と思ったのである。

「轟さん——いや、轟のことです。彼は奥さんを殺したんです。理由は分らないが……」

「ここから出たがったわけだ」

と中川は苦々しげに言った。

「——坂口さんの奥さんのことが心配です。奥さんを町へ運んで行くと言ったのは、ここを出る口実に過ぎなかったとしたら、途中で置き去りにしているかもしれない」

中川は肯いた。

「どうします？」

「ゆうべ、一晩山の中に放置されていたとしたら……。傷も軽くはなかったし、例の何かにやられているかもしれませんね」

「そう思いたくはないが……」

二人は、ゆっくりと、通りへ出て来た。

辻原は、中川へ言った。

「みんなで山を越えましょう。それしか手はない」

「いや……しかし……」

中川はためらっていた。「山へ入って夜になったら？——その得体の知れん化物の格好のエサになるだけだ。ともかく、けが人はかなり弱っていますよ。とても自分の力では歩けない」

「しかし、それでは——」

「あなたが行って下さい」

中川は辻原の腕をつかんで、握った。辻原は、その弱々しさに戸惑った。中川が、疲れ切って、参っていることを、悟った。

「あなたと、川尻さんの奥さんが一番しっかりしているようだ。お二人で、急いで行けば日が落ちる前に山を越せるかもしれない」

「坂口さんの奥さんは——」

「途中で見付けられるかもしれませんよ。もし見当らなければ……仕方ない。捜している余裕はないでしょう」

中川は、空を見上げた。「——雲が出て来た。月が出ないと、今日の夜も闇夜になりそうだ」

「火をたいておけば？　きっと近付いて来ませんよ」

「それがいいかもしれない。何しろガラクタの山ばかりだ。燃すものは沢山ある」

と中川は笑って言った。

「辻原さん——」

容子が、道を小走りにやって来た。

「奥さん、大丈夫ですか？」

「ええ、私は。奥様も、落ち着かれています」

「すみませんでした。全く厄介をかける奴で——」

「坂口さんが亡くなりました」

と、容子は言った。

「——出血もあるけど、神経の方じゃないのかしら」

西野早苗が言った。「もう、すっかり参っちゃってたものね」

坂口の遺体は、裏へ運ばれて、布をかけておかれた。居間の中にあっては、ますます気分を重苦しくさせるだけだったからである。

しかし、今、坂口を運んで来るのにも、それだけの力があるのは、辻原と、容子、それに西野早苗の三人しかいなかった。

「早く決めなくては」

辻原が言った。「坂口さんの奥さんのことも気にかかる。——我々で山を越えますか」

「でも……みゆきがいますから、私は……」

と容子はためらった。

「あら、みゆきちゃんなら元気じゃないの」

と早苗が言った。「ちゃんと歩くから大丈夫よ」

「西野さんは?」

「私はここにいるわ。一人ぐらい元気なのがいなきゃ。火を燃すのだって、誰かがついて、ずっと見てなきゃ消えてしまうでしょ」

「そうか。――じゃ、お願いできますか」

「任せといて」

と早苗は肯いた。

「そう決れば、早く出かけた方がいい。奥さん、みゆきちゃんを連れて来て下さい」

「分りました」

容子は駆け出して行った。

辻原は、桂子がぼんやりと庭先に座っているのに目を止めた。

「おい、どうする？　これから山を越える。一緒に来るか？」

「いやよ。山の中にいるんでしょ、怪獣が。わざわざ食べられに行くなんて」

桂子は、ふてくされた顔で、「ここで待ってる」

「勝手にしろ」

と辻原は言った。「西野さんに後を頼んで行く。お前も元気なんだから、手伝えよ」

「私、死にそうよ、今にも」

辻原は苦笑した。

容子は、みゆきの手を引いて、中川の家の方へ戻ろうとしていた。

「チカちゃんのママ」

と、みゆきが言った。

「え？」

みゆきが指さす方を見ると、確かに、小山好江が、ふらふらと、まるで風に流されでもしてもいるように、歩いて来る。目は正面を見て、何も見ていない。

「小山さん——」

と、容子は声をかけた。「どこへ……」

好江は、何も聞いていなかった。まるで、容子が空気か何かのように、すれ違って行ってしまった。

「どうしたの、チカちゃんのママ」

とみゆきが、不思議そうに訊《き》く。

「そうね……。何かご用があるのよ」

と、容子は言った。

放っておくしかない。——こんなときなのだ。仕方ないのだ。

中川の家の居間に上ると、中川が、みんなに状況を説明しているところだった。

「——轟さんが、そんなことで、助けを呼んでくれるとは期待できません。だから、辻原さんと、川尻さんの奥さんに、行ってもらおうと思っています。他にも、西野さんや私は比較的元気ですが、ここに残ります」

「——何か出たって本当ですか」

とけがをした主婦の一人が言った。

「そのようです。しかし、誰も実際に見たわけではないので、はっきりは言えません」

西野早苗が、

「今夜は私がずっと火をたいて、どんな猛獣だって寄せつけないから大丈夫！」

と、力強く言ったので、何となく、重苦しい気分がほぐれた。

――辻原は、庭に出て、道を眺めていた。桂子は、相変らずしゃがみ込んでいる。

「あなた」

と、桂子が言った。

「うん？」

「私のこと、怒ってる？」

辻原は、ため息をついた。

「それどころじゃないだろう。今は、生き残れるかどうか、だ」

「でも……やっぱり怒ってるんでしょ」

「喜んで賞《ほ》めてやりたいとは思わないよ」

桂子は、肩をすくめた。

「――訊くの忘れてた」

「何をだ？」

「どうしてあなた、早く帰って来たの？」

辻原は、ちょっと戸惑った。

「そうか。――そういえば、こっちも忘れてたよ。歯が痛かったんだ」

「それで？――じゃ、私が浮気してるのを、知ってて帰ったわけじゃないのね」

「そうさ」

「でも良かった」

「何がいいんだ？」

「だって、たとえ助かっても、一人だったわ。――少なくとも、あなたがいてくれるんだもの」

「木内という男だっていたじゃないか」

「あんな男……。どうってことないのよ」

桂子はそう言って、「だって、あなたが、あんまり構ってくれないんだもの」

と、すねるように言った。

それはそうかもしれない。――辻原にも、それは分っていた。

「浮気の弁護かい？」

「違うわ。でも、あなただって――」

辻原は桂子を見た。

「僕がどうした？」

「あなた……川尻さんの奥さんに気があるんでしょ」

「馬鹿言え。――いい人には違いないが、それだけだ」

「それで充分よ。暗い所で二人きりになりゃ、そうなるに決ってるわ。それが当り前じゃないの」

それが当り前、か。――桂子流の哲学である。

「今度はやきもちか？」

「ねえ、気が変ったわ。連れてって」

「ついて来れるのか？　途中で泣きごと言ったら、置いて行くぞ」

「大丈夫よ。あなたと川尻さんの奥さんの間、邪魔してやるんだ」

と、桂子は言った。

「それじゃ……」

と言いかけて、辻原は、言葉を切った。

どう言ったものか、行って来ますでもあるまいし、お気を付けてでもないだろう。

辻原と桂子、それに川尻容子とみゆきの四人。――残っている西野早苗を除くと、普通に行動できる者全部である。

中川が、道まで出て来た。

相変らず、顔色は土気色になっていて、重病人のような印象を与えた。

「ご無事で……」

と、中川が言った。

「必ず助けを呼んで戻りますから」

辻原は、中川の手を軽く握った。何だか芝居じみていて、いやだった。

「バイバイ、おじちゃん」

と、みゆきが気楽に手を振った。

中川の顔に、やっと笑みが浮んだ。

「バイバイ。また後で会おうね」

「うん」

「行きましょう」

と容子がみゆきを促した。

「ここで送らせてもらいます」

中川が言った。「とても山までは行く元気がない」

「ええ。ゆっくり休んでらして下さい」

辻原は肯《うなず》いて、歩き出した。

「ちょっと！——待ってよ！」

西野早苗が走って来た。「みゆきちゃん、ほら、チョコレート、あげる」

「いいの？どうもありがとう」

「ちゃんと、後であげようと思って、隠しといたんだよ。じゃ、ママの言うことをよく聞いてね」

「うん」

「戻って来るときは、セブンスターを一箱持って来てちょうだいな」

と早苗が言ったので、何となくみんな笑い出した。

「一箱といわず、カートンで持って来てあげますよ」

と辻原が言った。

「地震で助かって肺ガンで死んじゃ、目も当てられないわね。——じゃ、気を付けて」

早苗は、ちょっと手を振ると、戻って行った。中川の家の庭先に、燃えそうな板きれや、紙、本の類《たぐい》をせっせと積み上げている。

夜になったら、燃やして、例の「何か」を近づけまいというのだ。

辻原たちは、山への道を辿《たど》り始めた。

残る者たちが危険で、自分らが安全というわけでないのはもちろんだった。地震で、山の表面がはがれ落ちやすくなっていることは、容易に考えられる。

町へ着く前に、土砂崩れでやられることも充分にありうるのだ。それに、もう道が寸断されて、戻って来るしかないかもしれない。

「さて上りだ」

と、辻原が言った。

「——もう薄暗いわよ」

桂子が空を見上げた。

「そんなに遅い時間じゃない。曇ってるからだよ。道が問題なく通れれば、夕方には着くさ」

「そう願いたいわ。もうお腹空《す》いちゃって死にそうよ」

「おい、そんなこと子供の前で――」

「いいでしょ。本当のことだもの」

「だったら早く歩くしかない」

「手を貸してよ。あなた夫でしょ」

容子が笑い出した。――桂子がキッとなって、

「何がおかしいのよ！」

と容子をにらんだ。

「ごめんなさい。だって何だか――」

「フン、あんたに亭主を取られやしないからね！」

「え？」

「いいの、こっちの話」

容子は、それでも桂子の言い方に、好感を持った。こんなときには、いつもと変らずにいることが、一番大切なのだ。そして、正に桂子はまるでいつもと変らない。

四人は、坂道を上って行った。

「端の方へ寄ると危い。ゆるんでるからね。できるだけ真中を歩いて」

辻原は、そう言って、振り向いた。「――奥さん、どうしました?」

容子が立ち止って、振り返っていた。

「いえ……。ちょっと見ていたんです」

少し上って来ただけなのに、もう、ずいぶん「町」は遠くに見えた。

「オモチャみたい」

と、みゆきが言った。

本当に、紙で作った家を、誰かが間違って足で踏み潰《つぶ》してしまった、という風に見える。

中川の家の庭で、動き回っている西野早苗が、目に入った。

上から見ると、道の中央がうねるように、盛り上って、まるで巨大な蛇が這《は》っているかのようだ。大地が、ねじれたのだった。

「――さあ、行きましょう」

辻原が言った。

何となく、四人は黙ったまま歩き続けた。

9　洞《ほら》　穴《あな》

西野早苗は、大きく息をついて、背筋を伸ばした。

あまり動き慣れない身で、こんな重労働である。腰が痛くなって当然だ。

山の方を見上げると、あの四人が歩いて行く姿が、チラリと目に映った。

もしあの四人が、町へ行き着くことができなかったら、どうなるだろう？

早苗とて、表面は呑気《のんき》に振舞っているが、内心は恐ろしくてたまらないのだ。しかし、今、それを見せたら、残っている人たちはどうなることか。

「西野さん……」

弱々しい声が、居間の方から聞こえて来る。

「はい、ちょっと待ってね」

早苗は積み上げた、机や椅子の上をまたいで、居間へ上って行った。

「すみません――」

けがをした主婦の一人が、体を起こそうとしている。

「裏に行くのね。はい、かかえてあげるから――」

一人で裏へ回って行って、用を足して来られる者はまだいいのだが、足をやられている者も少なくない。みんな、早苗を頼りにする他はないのだった。

「すみませんね……」

「お互い様よ。私だって、年齢《とし》取ったら、こうなるんだから」

と、早苗は言った。

しかし、いくら早苗が元気といっても、左手に少しけがをしているし、もう五十歳である。若い人ほどの体力はない。いつまでこの元気がもつやら……。

早苗自身、いささか不安でもあった。

裏手の茂みの方へ連れて行き、

「ほら、この枝につかまってれば大丈夫でしょ。――そこにいますからね」

「ありがとうございます」

「いいえ」

早苗は息を弾ませながら、茂みから離れた。――女が一人でも、元気で残っていて良かった。

もちろん普段の日の昼間、地震が襲って来たのだから、女性が多く残されていて当然である。

それにしても、この穏やかなこと。

早苗は、ちょっと拍子抜けするような気分だった。――こういう風に、大事故の中で孤立した人々が出て来る映画をいくつも見たが——もともと、早苗は映画好きである——決って、「死にたくない」とわめき散らしたり、どうしたらいいかで対立するグループができたり、乱闘になったりするものだと思っていた。

それが——現実にはどうだろう？

もちろん、けが人がほとんどで、女性が多いということはあるにせよ、みんな実におとなしい。そろそろ非常食の乾パンも底をついていて、今日はほとんどみんな水だけしか口に入れていないのに、不平一つ出ない。

誰しも、助けが来るのを、今か今かと待っているには違いないのに、それを口にしない。まるで口に出すと、その希望がシャボン玉のように消えてしまう、とでもいうように……。

それが何だか却《かえ》って早苗には薄気味悪くて、恐ろしかった。——居間にのんびり座っていようにも、暗くなる前にできるだけ沢山、燃す物を集めておく必要があるので、そうはしていられないのだが、それでなくても、あまり居間に座っている気はしなかった。

何しろ、重苦しく、誰も口をきかない。まるで墓場にでもいるようなのである。

もうみんな死んでしまったのかとさえ思えて、早苗は不安になる。

何か、とんでもない獣が、歩き回っているというのだから、騒ぎになっても良さそうなものだが、誰一人そんなことを口にもしない。——何だかもう諦《あきら》め切っているようだ。

だから、こうして、何か頼まれたりすると、体はきついが、早苗としては却ってホッとするのだった……。

けがをした主婦を居間へ連れて帰ると、中川が起き出して来た。

「中川さん、寝てらした方がいいわ」

と早苗は言った。

「いや、大丈夫ですよ。少しはお手伝いしたい」

「そんなこといいんですよ。却って動いてる方が気が紛れるし。――大丈夫なんですか？じゃ、ここにいらして下さい。私、もう少し何か燃すものを集めて来ますから」

早苗は道に出ると、凸凹した通りを歩いて行った。――もう大分集めはしたのだが、何しろカーテンのような布の類《たぐい》が、化繊で、却って有毒ガスを出す心配があって使えないから、重い木の椅子とか、そんなものばかりになってしまう。

燃やしてみれば、ああいう家具類も、塗装などがしてあって、危いかもしれないが、そこまで心配していては、何も使えなくなる。

早苗は、ふと足を止めた。――小山好江が立っていた。

ずっとそこに立っていたのかもしれないが、まるで気付かなかったので、早苗は、一瞬、好江が地面の中から湧き上って来たかのような気がして、ギクリとした。

「小山さん、中川さんの所へ戻ってたら？」

と早苗は声をかけた。

小山好江は黙って、目をそらした。早苗は肩をすくめた。少しおかしい人にまで構ってはいられない。

先へ行こうと歩き出すと、

「何を捜してるの？」

と、急に小山好江が声をかけて来た。

「何か燃す物よ。夜になったら、火をたくことにしたの」

「それなら、枝を集めたら？」

「枝？」

「木は沢山あるわ」

早苗はポンと平手で額を打った。燃える物とか燃えない物とか、あれこれ頭を悩ませていたが、そうだ、枝を集めて来ればいい。

「本当にそうだわ！　いやね、私、何を考えてるんだろ！」

自分では落ち着いているつもりでも、どこか抜けたことをやっているのだ。

「ありがとう！　うっかりしてたわ。私って馬鹿ね、本当に。そんなことに気が付かないなんて！」

小山好江は微笑んで、

「枝なら、そこの裏へ上ると、沢山あるのよ」

と言った。

「本当？　案内してくれる？」

「手伝うわ」

　と、好江が歩き出す。

「まあ、ありがたい。――本当いって、一人じゃ大変なのよ。もうそんなに若くもないしね」

　早苗は好江の後からついて行った。

　好江の家の裏手は、斜面が深い溝で、くびれたようになっている。おそらく古い流れの跡なのだろう。

　地震のせいか、大分岩が転り落ちて来て、溝を半ば埋めていたが、歩けないこともなかった。好江は先に立って、大きな石を巧みによけて、溝の中を歩いて行った。

「ちょっと待って。――そう早く歩かないでよ」

　と、早苗は息を切らしながら、好江の後を懸命について行く。山の湧き水が洩《も》れ出ているのか、下がぬかるんでいた。

　好江は、驚くような軽やかな足取りで、どんどん進んでいく。

「小山さん！――待ってよ！」

　と、早苗はハアハアと喘《あえ》ぎながら、足を緩めた。

　好江は、少し高い岩の上に上って、

「ここに、折れた枝が沢山あるの」

　と言った。

「そう！　でも、手伝ってもらわなきゃ、とても運んで行けないわね、ここからじゃ」

早苗はやっとの思いで、その谷の下へ辿《たど》り着いた。

「——どこから、上ったらいいの、これ？」

「その凹みに足をかけて。手を貸すわ」

好江が、早苗を引張り上げる。びっくりするような力だった。

「まあ、あなたって割と力持ちなのね。——ああくたびれた」

少し上の平らになった岩で、かなりの大きさがある。好江が指さす方を見ると、岩が斜めに落ち込んだそのくぼみに、細かい枝が、まるで何かの巣のように、山積みされている。

「——何かしら、これ？」

と、早苗は面食らって覗《のぞ》き込んだ。

枝は、もちろん、自然に折れたものではない。折ったあとの白木が生々しく、真新しい。

「誰かが折って、ここへ重ねたみたいね。一体何にするのかしら？」

息を弾ませながら、早苗は首を振った。

「祭壇ですよ」

と、好江は言った。

「え？」

「神にささげものをするための、祭壇です」

好江はそう言うなり、背中に隠し持っていた石を振り上げて、早苗の頭に打ちおろした。

——早苗は声を上げる間もなかった。

額から血が流れて、顔を染めた。よろけた早苗は、そのまま岩から転げ落ちて、枝の山の上に、メリメリと音を立てて、墜落した。

折り重なった枝が、早苗の体を受け止めた。

好江は、岩の上から、それを見下ろしていたが、その顔には、穏やかな微笑みが浮んでいた。

「火が――」

と、好江は呟《つぶや》くように言った。「あなたを浄《きよ》めてくれますように……」

好江は、かがんで手をのばすと、枝の一本を抜き取った。そして、ハンカチを出して、それに巻きつけると、マッチを取り出し、ハンカチに火を点《つ》けた。――白い布は、黄色く炎を上げて、燃えた。

好江は、枝の上に横たわっている早苗を見下ろして、軽く微笑みかけると、火のついた枝を投げ落とした。

そして、岩から軽やかに降りて、そのまま家の方へと溝を辿って、戻って行った……。


「疲れた？」

先頭を歩いていた辻原は、振り向くと、みゆきに訊《き》いた。「くたびれたら、おぶって行ってあげようか」

「ううん、大丈夫」

みゆきは平気なものである。むしろ容子の方が息を弾ませていた。

みゆきが運動靴、容子はサンダルばきというハンディはあるにせよ、やはり運動不足なのだ。

「強いねえ、みゆきちゃんは」

と辻原は言った。

もう一人の桂子は？——これはもうやっと他の三人について来るという感じで、

「ねえ、ちょっと休もうよ！」

と、ブツブツ言いっ放しである。

「おい、桂子、しっかりしろ。こんな子供が頑張ってるんだぞ。見っともないじゃないか！」

「悪かったわね。私は子供じゃないんですから。間違えないでよ！」

「文句言ってる元気があったら、歩けよ」

「分ってるわよ！」

桂子は怒鳴り返して、「すぐだって言ったの、誰よ、一体？」

「いつも、チカちゃんとここまで来てたんだもん」

と、みゆきが言った。

「みゆき！　あなた、こんな所まで遊びに来てたの？」

「うん」

「まあ、驚いた……」

容子は呆《あき》れて、怒る気にもなれなかった。

「いや、だからこそ、こうして平気で歩いていられるんですからね。何が幸いするか分らない」

と、辻原は言った。

ここまでは順調に来た。道も、多少の落石で、通りにくい所はあったが、まず危険はなかった。

このまま、向うへ行き着ければいいのだが……。

気にかかっているのは、もう一つ、坂口美紀のことである。轟もこの道を、難なく通って来たはずだが、果して、美紀をどうしたのか。

途中で、美紀らしい姿がないかと、辻原は一応左右に注意して歩いていたのだが、少なくとも目には留らなかった。

左手は高く、急な斜面が続き、右は深く生い茂った草木の覆う下り斜面が、ずっと広がっている。

「少し暗くなって来ましたね」

と、容子が言った。

「まだ夕方というには早いですよ。曇っているのと、木で光が遮られているからでしょう」

「キャッ！」

と、後ろで桂子が叫び声を上げた。

「おい、どうした?」

「足を——ねじっちゃったのよ」

桂子がしゃがみ込んで、足首をかかえている。「——痛い! 触らないでよ!」

「参ったな」

辻原はため息をついた。「歩けないか?」

「いいわよ、放って行けばいいじゃないの。どうせ私なんかどうなったって構わないんだから」

と泣き出しそうな声を出す。

「そんなこと言ってやしないじゃないか」

「そう思ってるのよ。決ってるわ。私があの化物にでも食べられちまえばいいと思ってるんでしょう!」

辻原はため息をついた。

「子供じゃあるまいし、何を言ってるんだ」

「どうせ私は厄介者なのよ」

「なあ、早く行かないと夜になっちまうぞ。——そしたら、それこそ化物が出る」

「おぶって行って」

「肩を貸してやっても、歩けないのか?」

「痛くって飛び上るくらいなのよ」

「やれやれ……」

辻原は頭をかいた。

「私も何かお手伝いしましょうか」

と、容子が口を挟む。

「あんたはいいのよ！」

桂子がはねつけた。

みゆきは、そのやりとりを、少し離れて見ていたが、急に目を左右へ走らせると、

「ねえ！　揺れるよ！」

と言った。

「え？」

容子が振り向く。「揺れてなんか――」

ドシン、という響きが足下を揺るがした。続けて、小刻みな、早い揺れが山を震わせる。

「みゆき！」

容子がよろけながら、みゆきに駆け寄って抱き寄せる。桂子は飛び上るようにして、夫に抱きついた。

「怖いわ！」

「落ち着け！　あれほど大きくはない！」

と、辻原は叫んだ。

確かに、まだこうして立っていられるのだから、この前ほどひどくはない。両足をふんばって立っていると、揺れはおさまって来た。

「――もう大丈夫だ」

辻原は、息を吐き出した。

揺り返しが来て、桂子が短く声を上げたが、すぐに終って、後は静かになった。

「――大丈夫ですか?」

辻原が容子たちの方へ声をかけた。

「ママが腰抜かしてる」

と、みゆきが言って、笑った。

「みゆきったら――」

容子はあわてて立ち上った。「馬鹿なこと言わないで」

「どうやら、みゆきちゃんが一番落ち着いているようだな」

「町は大丈夫だったでしょうか」

と容子が言った。

「さあ。――中川さんの家がやられるほどのひどさではなかったと思いますがね」

「それにしても……。みんな心細いでしょうね」

「早く助けを呼んで来なくては。――揺れはおさまっても、落石が続くことがある。早く行きましょう。おい、桂子——」

と声をかけて、辻原は言葉を切った。

桂子は平然と歩き回って、山の方を見上げたりしているのだ。辻原の視線に気付くと、一瞬あわてたような顔になって、すぐに何くわぬ様子で、

「今のショックで治ったみたい。さあ！　頑張って歩きましょう！」

と、スタスタ歩き出す。

「あいつ……」

辻原が桂子の後ろ姿をにらみつけていると、容子が笑いながら、

「いいじゃありませんか」

と、なだめた。「あなたに甘えてらっしゃるんだわ」

「こんなときですよ」

と、辻原は苦々しい顔で言った。

桂子は別に甘えているのではない。ただ楽をしたいだけなのだ。辻原には分っていた。しかし、確かに桂子は自分の気持に正直なのかもしれない。その点だけは認めてやらなくては……。

「でも、憎めない方ですわ、奥様って」

と、容子は言った。

「早くおいでよ！　何してるの！」

と、桂子が振り返って怒鳴った。「置いてくわよ！」

「全く、もう――」

辻原も苦笑しながら、歩き出した。

「――今の地震で道が塞《ふさ》がれてなきゃいいですけどね」

と容子が言った。

「じゃ、山を登って行ったら？」

とみゆきが言った。

「登るってここを？　無理よ！」

「できるよ。いつもやってんだもの」

全く、見えないところでは、一体何をやっているのやら……。

「水がないや」

とみゆきが言った。「ここ、いつも水が流れてんだよ」

山の湧き水の通り道なのだろう、細かい小石の列が、道を横切って、ごく浅く溝を掘っている。

「――あそこの岩のところから、水が出てるんだよ」

「そう」

「あの奥に、ほら穴があるんだ」

「そんな所に入って遊んでたの？――危いわね、全く！」

「子供にとっては、秘密の隠れ家はいつの世にも魅力があるんですね」

と、辻原は言った。

「お二人にしてあげたわよ」

待っていた桂子が、からかうように言った。

「いい加減にしろ」

「あなたも浮気でもしてみれば？　少しは女の子にもてるようになるわよ」

「——あの音は？」

と、容子が言った。

ザーッという、激しい雨が叩《たた》きつけるような音である。

「石が落ちて来る！」

辻原は素早く、周囲を見回した。「みゆきちゃん、そのほら穴はどこ？」

「こっちだよ！」

清水に濡《ぬ》れて光っている岩へと、みゆきが走り出す。辻原は、容子と桂子を押しやって、

「早く！」

と叫んだ。

岩の陰、深い草に覆われて、その穴はほとんど表からは見えなかった。みゆきなら、軽く頭を下げるぐらいで、大人でも頭を低くして腰をかがめれば、入ることができた。

危機一髪、というところだった。

細かい小石が、辻原の肩を打っていた。穴の中へ辻原が転り込むと、地面を揺がすような勢いで、三、四十センチもある石が次々に落ちて来て、道を越え、さらに下へと転り落ちて行った。

無気味な地鳴りのような響きは、穴の中に響き渡った。

「ここ、崩れない？」

と桂子が辻原にすがりつくようにして、言った。

「大丈夫だろう。ここはきっと地下水が流れていたんだ。今でもひんやりして、湿ってるだろう」

「音が遠くなったわ」

と、容子が言った。

騎馬の群が、頭上を駆け抜けて遠くへと去って行ったようだった。

しばらく、落伍したらしい石が、一つ、二つと落ちて来たが、それもやがて静かになった。

「どうやら通り過ぎたようだ」

「ねえ、穴がふさがれちゃったんじゃない？」

「ふさがれてりゃ真っ暗になるさ」

辻原は穴から頭を出して、手近な石を押しのけた。「大丈夫。もう出てもいいですよ」

「ああ、生きた心地がしなかった！」

と、桂子は、恐る恐る顔を出して、ちょっと頭の上に目をやってから、出て来た。「ああ、すりむいちゃった」

「頭を潰《つぶ》されるよりいいだろう。さあ、出て。――どうしました？」

「あの、みゆきが……。みゆき、早くおいで！」

みゆきがヒョイと顔を出す。

「やあ、みゆきちゃんのおかげで助かったよ、みんな」

「ねえ」

「何だい？」

「誰かいるよ」

「――どこに？」

「中に」

「中って……この穴の？」

「奥に、誰か寝てる」

「本当かい？」

「足に触ったよ」

辻原は、穴の中へ入って行った。もちろん奥は真っ暗で、何も見えない。

辻原はポケットから、ライターを取り出した。

カチッと音がして、炎がゆっくりと上った。

穴の奥が、わずかな光に照らし出される。

坂口美紀が、仰向《あおむ》けになって倒れていた。

「ああ――」

容子が思わず声を上げそうになって、口を押えた。

「みゆきちゃんを外へ」

「はい……。おいで！」

容子は急いで穴を出ると、傍の岩にもたれて、何度も息をついた。

桂子が入って来て、「まあ！」

と声を上げた。

「――どうしたの？」

坂口美紀は目を、まるで生きているように見開いて、死んでいた。――服は、胸を大きく裂かれて、スカートはまくり上げられていた。下半身は、むき出しにされていた。

「やられたのね……」

桂子も、さすがにゴクリと唾《つば》を飲み込んだ。

「ひどい……。暴行した挙句に、出血するまま、放り出して行ったんだ」

「あの――轟が？」

「そうとも」

ライターが消えた。辻原と桂子は外に出た。

「——どうしますの？」

と、容子が言った。「このまま、放って行くんですか」

「今は、どうにもできませんよ」

辻原は首を振った。「後で、ちゃんと埋葬してあげられるでしょう」

「早く行って、轟のことを取っ捕まえてもらわなきゃ」

桂子もショックを受けているようだった。

「——あの男……。獣だ、全く！」

辻原は、体が震え出すのを、じっとこらえていた。これほどの怒りを覚えたのは、生れてこの方、初めてだった。

「すみません、辻原さん、ライターを貸していただけます？」

と、容子が言った。

「どうするんです」

容子は答えず、辻原の手からライターを受け取ると、もう一度穴の中へ入って行き、すぐに出て来た。

「服をきちんと直しておきましたの……。あんまり可哀そうで」

「そうか。——いや、気付きませんでした」

辻原は肯《うなず》いた。

一瞬、四人は沈黙した。

「行きましょうか」

辻原が歩き出した。「さっきの落石で少し道が歩きにくくなってる。気を付けて。それに、まだ落ちて来るかもしれない」

「上見て下見てなんて、器用なことできないわよ」

と、桂子が文句を言った。

五、六分進んだところで、辻原は足を止めた。

「まあ……」

容子が呟《つぶや》くように言った。「道がないわ」

道が十メートル近くにわたって、崩れ落ちてしまっているのだった。

10　神の手

中川は目を覚ました。

眠るつもりもなく、寝入ってしまっていたらしい。——もう何時頃になるのだろう？

起き上ると、少しめまいがした。

さっきの地震は、かなり大きかったが、ほとんど被害はなかった。ホッとして横になっている内、寝てしまったのである。

まだ外は明るかった。してみると、そう眠ったわけでもないのだろう。

そろそろと起き上る。——ゆうべの酔いのひどい気分から、大分抜け出られたようだった。これなら大丈夫。まだ、やれるぞ。

中川は、居間から出て、サンダルをひっかけ、庭を歩いて行った。

「西野さんは……」

と見回したが、西野早苗の姿はなかった。

「おかしいな」

明るいとはいっても、日没まで、そう間があるとも思えないが。

裏の方へ回ってみると、小山好江が、ぼんやりと立って、あの足跡を見下ろしていた。

「小山さん」

声をかけると、好江は顔を上げた。「――西野さんを見かけませんでしたか？」

「さあ……。分りませんわ」

「そうですか。――家の中へ入られてた方がいいですよ。外は危い」

「ええ、大丈夫です」

中川は、通りをゆっくり歩いて行った。西野早苗の姿は、どこにも見えない。

まさかとは思うが……あの何かにやられたのだとしたら。

昼間は出ないと決っているわけではないのだ。

「西野さん！――西野さん！」

中川は、大声で叫びながら、歩いて行った。町の外れまで来て、息をつく。

おかしい。

西野早苗は、勝手にどこかへ行ってしまうようなことはないはずだが……。

いやな予感がして、中川は空を見上げた。どんよりと曇っていて、何時頃なのか、定かでない。

しかし、いずれ、二時間ぐらいの間には、夜がやって来るだろう。――そうなれば、火をたき続けなくてはならない。

おそらく、自分一人でも、やれないことはあるまいが、もし、倒れるようなことがあったら、誰が後を引き受けてくれるだろうか？

「西野さん！――西野さん！」

と、中川はもう一度呼んでみた。

中川の声は、空しく、周囲の静寂の中へ、吸い取られて行った……。


「参った……」

辻原は、途方に暮れて呟いた。

「結局助かんないのよ、私たち……」

と、桂子がしゃがみ込んでしまう。

容子は、崩れ落ちた道を、じっと見つめていた。フィルムの逆回しみたいに、元の通り道ができるのじゃないか、と期待していた。

そんな奇跡が、人生に一度ぐらいあったって、いいじゃないの！

しかし、祈りよりも、物理的な法則の方が、ここでは力があるようだった。

「――戻るしかありませんわ」

と、容子は言った。

「もういやよ！」

と、桂子が叫んだ。「私、ここにいる！　動かない！」

「おい、桂子――」

「どっちへ行ったって同じじゃないの。だったら、動くだけ損よ」

桂子は捨て鉢になるときでも、自分なりに論理的なのである。

「しかし、お前一人、ここにいるのか？　夜になれば真っ暗な闇だぞ」

「寝てるわよ。それなら同じでしょ」

「例の獣が出て来たらどうする？」

「寝てる内に殺されりゃ、楽でいいわ。どうぞ、あなたはそのきれいな奥さんと一緒に行ってちょうだい」

辻原がいきなり桂子をひっぱたいた。そう大した力ではなかったが、パシーンという音が、いやに大きく聞こえて、殴った辻原当人もびっくりした。

桂子の方は痛いより、びっくりして、夫を見つめている。容子は、止めるべきか、それとも、よその夫婦のことに口を出すべきではないのか、ためらっていた。

一人、みゆきが、決然と進み出て、

「女の子をぶっちゃいけないんだよ！」

と抗議した。

「みゆき――」

「おじちゃん、謝んなきゃいけないんだよ」

「――そうだね」

辻原は、ふと笑顔になった。「おじさんが悪かった」

「ねえ、抜け道から行こうよ」

「抜け道?」

「うん」

「どこにあるんだい?」

「少し戻ったとこ。上に上ると、小さな道があるんだよ。チカちゃんと見付けたんだから!」

　みゆきは自信ありげに言った。

　辻原と容子は顔を見合わせた。

「みゆき、本当なの?」

　と、容子が念を押す。

「本当だよ」

　みゆきは、さも心外という顔をした。

「いや、奥さん、ここは一つ、みゆきちゃんの言葉を信じましょう」

　と辻原は言った。「ともかく、他に道はないんです」

「ええ……」

「桂子、どうする?」

「道があるなら、行くわよ」

　と、ヒョイと立ち上る。「――さ、連れてって」

「こっちだよ！」

みゆきは、得意げに今来た道を戻り始めたが、くるりと振り向いて、「ね、ママ」

「なあに？」

「後でごほうびに、何か買ってね」

「いいわよ！」

と、容子は笑って言った。

「おばちゃんも買ってあげるわ」

桂子が言った。「みゆきちゃんの好きなもの、何でも！」

「ほんと？　何でも？」

「本当よ。約束するわ」

「じゃ、考えとくね！」

みゆきは、正に勇気百倍という感じで歩き出した。

少し戻って、みゆきが、

「ここ」

と、足を止めたのは、かなり急な斜面だった。

「これを上るの？」

と、桂子が目を丸くする。

「仕方ない、他に道がないんだからな。――みゆきちゃん、上ってくれるかい？」

「うん。簡単だよ」

幸い、さっきの地震でも、この斜面はあまり被害を受けなかったらしい。みゆきは、岩の出張りや、小さな凹みに巧みに足をかけて、アッという間に、少し高い、平らな場所へと上ってしまう。

「早くおいで」

と手を振る。

「よし。――おい桂子。僕が先に行く。引張ってやるから、川尻さんに押してもらえ」

「いやよ。この人にお尻《しり》触られるなんて」

「じゃ。一人で上れ」

「上るわよ！」

意地というか、女の闘争心というか。桂子は、キャーキャー声を上げながら、それでも必死によじ登って、何とか上に着いた。

「じゃ、今度は私、上りますわ」

「僕の肩に乗ってもいいですよ」

「やめておきますわ。奥様に引っかかれそうですもの」

と、容子は微笑んで言った。

「ママ、早くおいで！」

「ええ、今行くわ」

容子は、運動不足とはいえ、体もそう太っていないし、身は軽い。楽に上ることができた。――ちょっとした岩棚で、その奥の茂みの間に、確かに、細い踏み分け道らしいものがある。

「落ちなくて残念ね」

と桂子が言った。

「おあいにくさま」

と、容子も応じた。

辻原が上って来る。――桂子は低い声で言った。

「主人と一度寝てみたら？　きっとがっかりするわよ。そりゃアッサリしてて……」

「よいしょ、と！」

辻原は、上って来て、息をついた。「ＯＫ。無事に上りましたね」

「じゃ、行こう」

と、みゆきが立って、細い踏み分け道へと入って行った。

「待って！　みゆき、手をちゃんとつないでよ」

容子があわてて後を追う。

一人ずつしか通れない、岩の間の細い道だった。――地震で崩れなかったのが、不思議だが、むしろ、大きな岩なので大丈夫だったのかもしれない。

岩の表面は苔《こけ》がむして、かなり長く、こんな風になっていたのだろうと思われた。

「下に気を付けて」

と、辻原が言った。

みゆきは、いとも軽々と、岩だらけの道を進んで行く。むしろ、容子や桂子が苦労していた。

「——ほら、ここが公園」

とみゆきが言った。

「まあ……」

容子は思わず声を上げた。

急に左右が開けて、円形の、ちょっとした庭ほどの広さの場所に出た。

「見て！」

桂子が叫んだ。

右手は、深く落ち込んで、その向うに、遠い山並が望める。

「せめて道路か町が見えりゃいいのに」

「しかし、ここはかなり山の上の方ですね」

と辻原が言った。「上をご覧なさい。空が広い。これは本当に山を越える近道かもしれませんよ」

「そうだといいですけどね……」

「ああ、私、急に血気が出て来ちゃった！」

と、桂子がウーンと伸びをした。

みゆきが手を濡《ぬ》らして、やって来た。

「ママ、ハンカチ」

「はい。――みゆき、それ、どこで――」

「あっちにきれいな水があるんだよ」

と、みゆきが口を拭《ぬぐ》って、言った……。

湧き出した水が、天然の岩の凹みにたまっていた。澄んでいて、おいしかった。

容子も桂子も、両手ですくって、思い切り水を飲んだ。

「ああ、気持いい！」

と桂子が叫んだ。

実際、かなり歩いて来たので、喉《のど》が渇いていたのだ。

「これは、みゆきちゃんをリーダーにした方が良さそうだな」

と、辻原は笑って、言った。

辻原は顔を近づけ、水をすくって飲んだ。それから、濡れた手で、首の周りをこすった。

少し頭がすっきりした。

「ねえ、少し暗くなって来たわよ」

と、桂子が言った。

「そうだな。急ごう」

「でも今考えたんだけどさ、この道、町に出るの？」

みゆきは、首を振って、

「ここから先は行ったことないの」

と言った。

「でしょうね……」

「仕方ないじゃないか。他に道がないんだ。止っていれば、この山の中で夜になる。行くしかない。もう戻る時間はないよ」

「分ってるわ。じゃ、行きましょ」

四人は再び歩き出した。——今度は少し道が広くなっていた。

「ねえ」

と桂子が言った。

「何だ？」

「あの轟って男。どこに行ったのかしら？」

「さあな。——さっきの崩れた所が、まだ通れたのかもしれない」

「とっくに町に着いてるのかな」

「分らん。ともかく、今は我々が生きのびることだ」

道は少し下りになり始めていた。

谷間というより、深い林の中の道で、光が遮られて、大分薄暗くなっている。

「──静かね」

歩きながら、容子が言った。

「鳥の声もしないわ」

「逃げちまったのかな」

「動物の方が敏感なんでしょうね、きっと」

「子供だってそうよ」

と桂子が言った。「さっきの地震も、みゆきちゃんは前もって分ったじゃないの」

全くだ、と辻原は思った。

子供は、自然の中で生き抜く能力においては、遥《はる》かに大人に優《まさ》っているのだ。いくら大人が威張ったところで、それは、ごく当り前の社会にしか通用しない……。

地震などというものは、地球という星の長い生命の中では、ちょっとした出来事にしか過ぎないのだろうが、それが、人間にとっては、これほどの脅威なのだ。

みゆきが足を止めた。

「どうしたんだい?」

と、辻原が訊《き》いた。

「誰かいるよ」

とみゆきは言った。

「え?」

一瞬、辻原の顔から、血の気がひいた。

あれが出て来たのだろうか、と思ったのだ。

「あそこにいる」

とみゆきが指さす方を見て、辻原は目を見張った。

轟がいた。

木の幹の陰から、枝の間に顔を覗《のぞ》かせている。その顔は笑っているようだった。

「そこにいたのか。——何て奴だ！」

「あなた、危いわよ」

と桂子が言った。

「ここにいろ。——おい！　何とか言え！」

辻原は、轟へ向って進んで行った。「ニヤニヤ笑っていやがって！　この人でなしめ！」

辻原は、拳《こぶし》を固めて、轟へ殴りかかった。が、何分、喧嘩《けんか》にかけては、慣れていないので、拳はそれて、木の枝にぶち当った。

「いてて！」

と、辻原は悲鳴を上げた。

枝が大きく揺れた。

すると——轟の頭が、落ちて来たのだ。

頭だけしかなかった。それが、枝の間から、転り落ち、辻原の足下から、飛びはねて、

二、三メートルも転って行った。
誰もが凍りついたように動かなかった。

容子が、みゆきを抱き寄せて、背を向け、しゃがみ込んだ。

桂子はよろけて、傍の木にもたれかかった。

辻原は、震える膝《ひざ》で、何とか立っていた。

木の幹に、黒ずんだ血がべっとりと広がっている。——轟は、ここで、あの「何か」にやられたのだ。

首だけが、木の枝にひっかかり、食いちぎられて、残ったのだ。

辻原は、勇気をふるい起こして、轟の首を見た。

その顔は、やはりどう見ても、笑っているようにしか見えなかった……。


暗くなり始めた。

中川は、居間から庭への降り口に腰をおろしていた。

やはり何かあったのだろう。そうとしか思えない。

暗くなるのは早い。火を点《つ》ける仕度をしておかねばならない。

中川は後悔していた。——西野早苗を捜すのに、すっかり手間取ってしまったのだ。

もっと燃す物を集めておくべきだった。しかし、もう遅すぎる……。

急速に、夜はその勢力を増しつつあった。

中川は立ち上り、庭に降りた。ライターを出して、まず、新聞紙に火を点ける。それを、積み上げた机や木ぎれの下へ押し込んでから、その後に、また新聞紙や、シーツを裂いたものをつめ込んだ。

煙が出て来て、中川はむせた。あわてて、風下から逃れる。

しばらく、火は燃え上らず、くすぶっていた。それから、急に煙が出なくなったと思うと、炎がゆっくりと、湧き上って来る。

中川はホッとした。

「きれい……」

という声がした。

振り向くと、居間に寝ている人たちが、上半身を起こして、火に見入っている。

中川は、ふと胸が熱くなった。——こんなときに、まだ「きれい」だと感動している。人間とは、すばらしいものだ。

中川は涙がにじんで、あわてて目をこすった。煙のせいかどうか、自分でも良く分らなかった。

炎は、宝石のように美しいものに見えた。中川は、しばしその華やかな踊りに見入っていた。

ふと気が付くと、もうすっかり暗くなっていた。

「——さあ、私がずっとついていますから、ご心配なく」

と中川は言った。「ゆっくり休んでいて下さい」

「何かお手伝いを……」

けがをした主婦が這《は》って出て来ようとするのを、中川は止めた。

「大丈夫。任せて下さい。さあ、みなさん、休んで下さい」

「あの——西野さんは？」

「すぐに戻りますよ。ともかく、奥へ行って休んでいて下さい」

中川は微笑んで、言った。「まぶしくて眠れませんか？」

低い笑声が、起こった。


小山好江は、暗くなり始めると、道の中央に出て、座り込んでいた。

彼女には分っていた。今夜、「神」は自分を連れ去りに来る。

チカを連れ去ったように、だ。

やがて夜が降りて来て、闇が、彼女を包んだ。——ずっと遠くで、赤い火が燃えるのが見えたが、その光は、ここまで届かない。

好江は、すでに自分の魂が、地上を離れているような気がしていた。闇の中では、地面も空も消えて、宇宙の中をただよっているかのような気がする。

静けさ。——宇宙には音も、光もない。

安らぎだけがあった。

好江は、三年前、山崩れで、家もろとも、夫と、もう一人の子を失っていた。

好江とチカは、たまたま、一緒に表に出て、パンを買っていたのである。もう一人の下の子は、

「連れてって！」

と、玄関まで追って来たのだが、二人連れていては、買物にならない。

「待ってなさい！」

と、好江は叱って、チカを連れて、外へ出たのだった。

パン屋まで、ほんの数十メートルだった。店先に来て、何を買おうか、明日《あした》は休みだから、ケーキでも買っておこうか、と考えていた。

若くして結婚した好江は、まだまだ甘いものに未練がある。

「ねえ、チカ、このケーキ、食べる？」

と訊くと、チカは、考え込んだ。

「――ウン」

と、肯《うなず》く。

そのとき、ドーンという、巨大な太鼓でも打ち鳴らしたかのような音と共に、足下が揺れた。地震かしら、と思った。

反射的に振り向いた。――家が、なくなっていた。裏山の土砂が、一気に家を、夫を、子供を、押し潰《つぶ》していた……。

あのとき、なぜ下の子も連れて出なかったのか、と好江は悔み続けた。最後に、あの子を叱ってしまったのが、哀れで、ならなかった。

——好江は一年して今の夫と再婚したが、それは単に、生活していくためでしかなかった。好江にとって、後の人生は余分なものだった。

チカは先に行ってしまった。

好江には分っていた。夫も、二人の子も、行ってしまったのだ。後は、自分だけなのだ……。

好江は、物音を聞いていた。——近づいて来る。待っていたものが。

ザッ、ザッ、という規則正しい音と、低い唸《うな》りが、しだいに道を近づいて来た。

「神よ……」

と好江は呟《つぶや》いた。「時は来ました……」

唸り声が、好江の体を震わすほど、近づいていた。——闇の中に、赤く光る目が二つ、じっと、好江を見据えて、燃えていた。

好江は立ち上ると、空を仰いだ。

「チカ……」

と呟くと、目を閉じた。

それの前肢が、岩を砕くような凄《すさ》まじい力で好江の頭を横殴りに払った。好江の頭が、遠く、宙を飛んで、「神」が好江を連れ去った。

どれくらい時間がたったろう、と中川は思った。

意外に、火は、長く燃えていた。

この分なら、充分、朝まで間に合う、と中川は安心した。そして明日になれば——そう、明日になれば、きっと、辻原たちが助けを呼んで来てくれる。

中川は、もう自分が、あまり長くない、と思っていた。心臓も大分弱って来ている。いずれにしても、妻を亡くしてからは、虚《むな》しい毎日だった。

むしろ、この惨事で、誰もが自分を頼っていてくれると思うと、再び人生の張りを見付けたような思いである。

これを乗り切ったら、もう後は、どうなってもいい、と中川は思った。生きることに、一つの意味を見付けたからだ。

この火だけは、消さないぞ、と思った。

「——中川さん」

主婦の一人が、降り口の所まで、這って来ていた。

「どうしました?」

「西野さんは……どうしたんですか?」

中川は答えに窮した。「——やられたんでしょうか?」

気休めを言っても仕方ない、と、中川は思った。

「分りません。戻らないんです」

「じゃ、やっぱり……」

「それは何とも言えませんよ」

と中川は言った。「さあ、眠って下さい」

「あんなにいい人が……」

と、その主婦は言った。「私なんか、どうせ助からないのに……」

「何を言うんです」

中川はその主婦の肩を軽くつかんだ。

「本当です。――眠るのが怖いんです。もう二度と、目が覚めないんじゃないかしら、と思うと……」

「馬鹿なことを言わないで。ご主人だって、元気で、あなたのことを捜しに来るかもしれませんよ」

「ええ……。そうですね」

と、主婦は息をついた。「――私たち、結婚して、五年たつんですけど、まだ子供ができなくて……。今度こそ作ろうって話してたんです」

「なるほど」

「色々と計算して――ほら、よくやりますでしょ、一番妊娠しやすい日、って。それが、あの地震の日だったんです」

「そうですか。――きっと、大なまずが、やきもちをやいたんだな」

主婦は、ちょっと笑って、

「そうですね。――生きていれば、またできるかも――」

「もちろんできますよ。私じゃ無理ですがね、残念ながら」

と中川は真面目な顔で言った。「さあ、おやすみなさい」

「ええ」

主婦は軽く肯いて、「おやすみなさい」

と言うと、ゆっくりと居間の奥へ、這《は》って行った。

中川は火のそばへ戻って、新たに、椅子の足を折って、投げ入れた。

ここに残っている妻たちの夫の内、何人が生きているだろうか？

神なんて、無慈悲なものだ、と中川は思った。――いいことがあれば神のおかげで、悪いことがあれば神の試練だ。

たまには神の手違いや失敗があってもいいじゃないか。神は臆病《おくびょう》なのかもしれない。

風が、少し出て来た。あまり強くならなければいいが、と思った。下手をして、家に火が移ったら、それこそ大変なことになる。

中川は欠伸《あくび》をした。――何かが、顔に当った。

中川は戸惑った。そして、青ざめた。

「まさか！　そんなことが――」

中川は思わず、口走った。

雨が、降り始めた。

「雨だわ」

と、桂子が言った。

ずっと頭上に、細かく、波打つような雨の音が広がった。

「ここは大丈夫さ」

と辻原が言った。「こんなに枝や木の葉が重なってる。天然の雨傘みたいなもんだ」

「それにしても真っ暗ね」

「仕方ないさ。——川尻さん」

「はい」

すぐに容子の声がした。

「大丈夫ですか」

「ええ。みゆきは眠っています」

「いいわねえ」

桂子が感心したように、「子供って、平気なのかしら、あんなもの見ても」

「やめないか」

「あら、どうして」

「言ってもどうにもならない」

「そうね。——でも、忘れられないじゃないの」

「あの男は天罰だ」

「そういう人だけやっつけてくれないかしらね」

「TVや漫画じゃないぞ」

喋《しゃべ》ると、却《かえ》って、気が楽になる、と辻原は思った。奇妙なものだ。

「——ねえ、川尻さん」

と、桂子が言った。

「もう助からない、と思ったら、最後に何がしたい?」

「さあ……。分りませんわ」

「私は男に抱かれたいわ。——ねえ、あなたは?」

「やめろよ」

と、辻原は、苦笑いしながら言った。

「あら、だって、それは当り前の感情だわ。ねえ、川尻さん。あなただって、ご主人、ずっと船で、出てらっしゃるんでしょ?」

「ええ」

「じゃ、やっぱりたまには、ご主人に抱かれたときのことを思い出すでしょう」

「そうですね……」

容子は、ちょっと笑って、「もう忘れちゃいそうですわ」

と言った。

「まあ、そんなこと言って!――ね、二人でうちの主人を襲わない?」

「桂子、少し眠っとけよ」

「あなた眠っていいわよ。こっそりズボンを脱がしちゃうから!」

三人は笑った。

他愛のない話が、この暗い夜の、わずかな救いだった。

辻原は、朝になるまで、あとどれくらい待つのだろう、と思った。


火は、完全に息絶えた。

雨は、すっかり本降りになって、庭を叩《たた》いている。

中川は、居間の中に座って、じっと庭の向うの暗がりを見ていた。――あいつはやって来るだろうか?

中川は、できるだけ大きな、椅子の足を、バラバラにして、手に持っていた。

もちろん、あの足跡からして、いざやって来たら、こんなものが何の役にもたたないことは分り切っている。それでも、持たずにはいられなかった。

しかし、雨の音が、そいつの足音など、かき消してしまうだろう、と中川は思っていた。

それも、雨の中は出て来ないかもしれない……。

中川は、じっと耳に神経を集中していた。

「――中川さん」

と声がした。

さっきの主婦である。

「どうしました？　痛みますか」

「いえ……何か……」

と、低い声で、「何か聞こえます」

「何が？」

「分りませんけど……」

中川は、耳を澄ました。――幻聴かと思った。そうであってほしい。

しかし、本当にそれは聞こえた。

ゴーッという、低い、震動のような唸《うな》り声だ。それが、家のわきをゆっくりと動いて、庭へと向っていた。

「来たんですの？」

と主婦が言った。

「いいですか。みんなを起こして、居間から玄関の上り口の方へ行くんです。ドアを閉めて、何があっても、出て来てはいけない」

「中川さんは？」

「——心配しないで下さい」

と中川は言った。「私は動けるんですよ」

「聞いて下さい」

と主婦が言った。「私は傷も重いし、助けられても、生きのびられないと思います。ここに一人、残して行って下さい。どんな化物だって、一度に何人も食べはしないでしょう」

中川は、胸苦しいような気持になった。

「男に恥をかかせないで下さいよ」

と言うと、中川は、一人一人を、揺さぶって起こして行った。

ライターの火のわずかな明りで、けが人たちは、這いずるように、居間から出て行った。

中川は、けがの重いその主婦を、かかえるようにして、居間から移した。

居間へ戻ってドアを閉めると、手近なところにあったソファをドアの前へ寄せた。

低い唸りは、いつしか聞こえなくなっていた。

中川は、居間の中央に、ゆっくりと座った。雨が、一段と激しくなっていた。

11 絶《ぜっ》 叫《きょう》

どれくらい待っただろうか。

中川は、そろそろと立ち上った。あまり長くじっとしていると、いざというとき、体が動かないかもしれない。

もっとも、巨大な化物に対して、こんな老骨が少々動いたところで、何の役にも立つまいが。――中川は、膝《ひざ》も、手も震えていない自分が不思議であった。

正直なところ、中川は暴力的な行為に関しては、ひどく臆病《おくびょう》者である。多くの青白いインテリがそうであるように、力の威圧には極めて弱い。一発殴られたら、簡単に気を失ってしまうだろう。

それは肉体の強さを軽蔑《けいべつ》している当然の代償でもある。もちろん、中川も、自分から喧《けん》嘩《か》などしかけたことはない。

だから、今、恐怖など少しも感じないでいられるのが、我ながら、妙に思えたのである。

おそらく、それは、自分が犠牲となって、けがをしている人々を救うのだという、使命感があるからであろう。自分の死はむだではない、と思えるからだ。――死ぬにも理屈のほしいのが、インテリというものなのだ。

来ないのかな、と中川は思った。

どんなに感覚のずれを考えても、三十分近くはたっているはずだった。そんなに長い間、ためらったりするだろうか？

争うのも面倒という気分なのかもしれない。——それとも、目下のところは満腹なのか……。

西野早苗が姿を消し、小山好江もいなくなっていた。あの二人がやられたとすれば、そいつも今夜はやって来ないかもしれない。

いや、もちろん、それを願っているわけではないが……。

雨足は、少しゆるやかになって、雨音は低い囁《ささや》きに変っていた。

中川は、庭へ降りる縁側の方へと、進んで行って、表に目をこらした。——闇の中には、何も見えない。

すぐそこにあれがいるとしても、とても分るまい、と思った。

いつまで降り続くのだろう？

中川は、少し身を乗り出すようにして、手をのばした。細い雨が、手を打つ。

大した降りではない。もうすぐ上るかもしれない。

暗がりの中では、バランスの感覚も狂って来る。足で縁側のへりを探って立っていた中川は、急に足が滑って、庭へ転り落ちた。

だが——おかしかった。直接庭へ転落したのではない。何か、大きな岩のようなものの上に倒れて、そこから一回転して、水たまりの中に叩き込まれたのである。

「畜生！」

中川は舌打ちした。

体中、ずぶ濡《ぬ》れになった。冷たさに身震いが出る。それに、腰をしたたか打った痛みで、すぐには起き上れなかった。

ようやく上半身を起こして、頭を振った。雨が頰を打つ。

何てざまだ、と苦笑した。けが人を守るどころか、こっちがその前に神経痛で身動きできなくなる。

そのとき、初めて気付いた。縁側から直接落ちていたら、もっとひどかったかもしれないが、途中で何かの上に倒れたのが、まだしもだ。だが、縁側の前に、何かあっただろうか？　それとも、こっちの感覚の方がおかしくなっているのか。

「もう年齢《とし》だな」

と、中川は呟《つぶや》いた。

そして、気が付くと、中川は、真っ赤な二つの眼と、向い合っていた。

荒い、鼻息が、じかに中川の顔にぶつかって来る。おそらく、ほんの十センチほどの間隔しかなかったに違いない。

中川は、水たまりの中に、あぐらをかいて座ったまま、身動きできずにいた。

そいつは、縁側のすぐ前に寝そべっていたのだ。それに気付かず、中川は足を踏み外して、その上に倒れ、転げ落ちたのだった。

中川は、今、自分が「死」と向い合っているのだとは実感できなかった。

おそらく、それが、ちょっと舌を動かせば、一口で中川の首をもぎとるぐらい難しくあるまい。頭でそう考えていても、その恐怖が肌で感じられなかった。相手がじわじわと近付いて来たのならともかく、いきなり目の前にいた、というのは、一向に実感できないのである。

こんな所で、つまらない奴と見合いするもんだ、などと中川は考えていた。

それが、身動きした。暗闇の中で、その姿ははっきりとは見えないが、気配で、巨大さが感じられた。ゴーッという、唸り声が、中川の体を揺さぶった。

だが、そこには、威嚇や敵意は感じられなかった。ザザッと土の落ちる音を立てて、それは立ち上った。そして、中川のすぐわきをすり抜けて、歩いて行った。

剛《こわ》い毛の密生した肌が、中川の肩をこすって行く。中川は反射的に身をよけたが、向うは触ったことなど何も感じていないだろう。

軒下での眠りを邪魔された、とでもいうように、それは庭から出て行った。

垣根の壊れる音が、中川の耳に届いた。

——中川は、しばらく水たまりの中に座っていた。

気が付くと、雨は上っている。

今のは何だろう？　夢だったのではないか……。幻覚だったのかもしれない。

あんな……あんなことが、あるはずがない！

中川は、立ち上ろうとした。膝に力が入らない。よろけて、まるで平泳ぎでもしているように手を前へ伸ばしてかき回した。縁側に手が届いて、やっと、すがりつくようによじ登った。

床を這《は》って進んで行く。歩けないのだ。どうして立つこともできないのか、中川は自分では分っていなかったが、その実、全身が小刻みに震えていたのである。

やっと、肌が恐怖を感知したのだ。

床に大の字になって寝そべると、今頃になって、恐ろしくなる。——よく助かったものだ。

あれが現実のことだったのは疑いない。

中川は、少し落ち着いて来ると、これからどうすればいいかを考え始めた。

「ライター……。ライターだ」

と呟きながら、ポケットを探る。

何も手に触れなかった。反対側のポケットも、念のために捜した。むろん、入っていない。転げ落ちた拍子に、失くしてしまったのだろう。

これで、わずかな光源も失われてしまったのだ。——中川はがっくりと肩を落とした。

あの獣が何なのか、中川には分らない。熊に近いようなものだったろうか。そんなことが分ったところで、何にもならない。

あの大きさ。下手をすれば家の一軒ぐらい叩《たた》き壊しかねない。とんでもない怪物だった。

闇の中で、過大に見えたわけではない。確かに、それは巨大だった。

あんなものに、どうやって対抗できるだろう？——中川は途方にくれた。

「中川さん……」

低い声がして、中川は我に返った。あの、けがをした主婦の声である。

「何です？」

と訊《き》き返すと、

「まあ、良かった！」

と、ため息をつくのが耳に入った。

中川は、やっと気付いて、

「もうやられたのかと思ったんでしょう」

と言った。「まだ生きてますよ」

「あんまり静かなものですから」

中川は手探りで声の方へ進むと、ドアの前に置いたソファを少しずらして、ドアを開けた。

「——大丈夫ですか？」

と、中川が訊いた。

「はい。でも……夜が長くて……」

その主婦は呟くように言った。

「同感ですね」

中川は、ずらしたソファに、ゆっくり腰をおろした。――真っ暗な中である。相手は、ただの声と、かすかな物音でしかない。

「あれは来ましたの？」

と主婦は押し殺したような声で訊いた。

そういえば、この人の名前も知らないんだな、と中川は思った。大体が、近所付き合いの好きな人間ではない。夫の方なら、多分分っても、妻の顔となると、まず憶《おぼ》えていない。

「さあね」

と、中川は言った。「気まぐれなんでしょう。どこかへ行っちまったようです」

「そうですか」

「でも、安心はできない。私は起きてるから大丈夫ですよ」

「中川さん一人に任せて、心苦しくって……」

「私はたまたま、負傷しなかったんだから、当り前ですよ。それに年寄りだ」

「私が起きていますわ。少しお休みにならないと。何かあれば、すぐに起こしますから」

「その気持はありがたいですがね。やはりナイトの役は男がやらねば」

頼りないナイトだが、と中川は思った。

思いがけず、ほの白い光が、庭先を照らし出した。

「雨が上って、月が出て来たようですね」

中川は、ホッとしながら言った。本当に、わずかの明るさが、人を救うのである。居間にも、光が指先を伸ばして侵入し始めた。これが朝の光だったら、どんなにいいだろう。

少しずつ目が慣れて来ると、床に座り込んで、ソファにもたれかかっている主婦の姿が見えて来る。

「座りますか、ここに」

「いいえ。この方が楽なんです」

と主婦は首を振った。

それから、中川の様子を見て、声を上げた。

「まあ！　どうしたんですか？　びしょ濡《ぬ》れで――」

「ああ、これですか。いや、さっき、庭の方へ身を乗り出して、落っこちてしまったんですよ」

「危いわ！　けがは――」

「いや、ちょうど下にクッションがありましてね」

本当のことを話したって、彼女は本気にすまい、と中川は思った。実際、現実には信じられないようなことがあるものだ。

「もう何時頃なんでしょう？」

と主婦が言った。

「さあ……。もうかなり朝に近いと思いますがね。――全く、時計の一つぐらいあればいいのに」

「今夜、無事に過ごせれば――」

「そうですよ。明日《あした》は、辻原さんたちが救援を呼んでくれるでしょう」

「そうなればいいですわね。病院に入って手当を受けている内に、主人が捜し当てて来てくれる……」

「ジャーンと音楽が入るわけですよ」

と中川は言った。

二人は一緒に笑った。

「――中川さんって偉い方ですね」

「何を急に」

「いえ、本当です。何となく気難しそうなっていうか、表面は丁寧でも、心の中で何を考えているか分らない人だって思ってたんです。ごめんなさい、でも――」

と、急いで付け加える。「みんなそう言ってたんですよ」

「なるほど。何となく分りますな」

と、中川は肯《うなず》いた。

「でも、こんなときに、一人で頑張っておられて……そうして冗談を言えるなんて、すばらしいことですわ」

「あまり買いかぶらないで下さい。年齢《とし》を取ると、人間は達観して来るようになるもんです。いつも死が身近にいますからね」

――さっきほど、身近にいたことはなかったがな、と中川は思った。

「人によりますわ。そうでない人もいくらもいます。中川さんは、やっぱり立派です」

主婦は、少し辛《つら》そうに息をした。

「――大丈夫ですか」

「時々痛むんです」

「医者がいるといいんですがね」

「たいてい、パニック映画だと、一人はいますね、お医者さんが」

主婦は、殊更に軽い調子で言おうとしているようだった。その努力が、痛々しい。

「あら、これは……」

主婦は、床から何か拾い上げた。「手に触ったんです。ライターじゃありません？」

「見せて下さい」

中川が、庭に落としたと思っていたライターだった。ここで落としたのか？

二、三回、試してみると火が出た。

「やあ、助かった！　失くしたかと思ってたんですよ」

「良かったですね」

「運が向いて来たのかな」

と、中川は言った。

助かるかもしれない。生きのびられるかもしれない。——中川は、そう思った。

そのとき、ズシン、と家が小刻みに揺れた。

地震か？　そうでもないようだ。

「——助けてくれ！」

悲鳴が上った。

中川は立ち上ると、ソファを回って、玄関の上り口へと出て行った。

「来たぞ！」

と、上ずった声が叫んだ。

「玄関が——」

中川はライターの火を点《つ》け、玄関の方へと突き出した。玄関のドアがメリメリと音を立てて、裂けつつあった。

あれがやって来たのだ。

しかし、なぜ、こんな方へわざわざ向って来たのだろう？——いや、そんなことを考えている暇はない。

ともかく、現実に、そいつがやって来たのだ。ドアの真中が弾《はじ》けるように、破れて、鎌のような爪が覗《のぞ》いた。地震で、ドアの枠が歪《ゆが》んでいるのが却《かえ》って幸いしていた。そうでなければ、簡単にドアは打ち倒されていたにちがいない。

「居間へ行くんです！　早く」

と中川は叫んだ。

だが、誰も動かない。

中川が怒鳴った。

「早く行くんだ！　何をしてるんです！」

──だが、みんな、その場で、身を縮めているばかりだ。そのまま小さくなっていれば、見逃してくれるだろうとでも思っているかのように。

「早く居間へ！」

だめだ。これではとても動きそうにない。

中川は居間へと戻ると、けがをしている主婦をかかえるようにして、居間の真中へと動かした。

「じっとしてるんだ！　いいですね」

中川はソファをずらし、ドアを大きく開けた。手近なところにいるけが人から、全力を振り絞って、居間へと引きずり込む。

「みんなこっちへ来るんだ！　こっちへ這《は》って来い！」

中川の叫びに、ようやく、何人かが動き始めた。ライターはもちろん中川のポケットに納まっているので、玄関の上り口は真っ暗である。居間の方は、月明りが多少入り込んで、いくらかは明るい。

中川は、手を伸ばし、触れた者から、手当り次第に引張った。一体何人いただろう。十人？ いや、十二、三人はいたはずだ。

とても正確に数えている余裕はなかった。一人、また一人、と、居間へ引きずり込む。

ドアがきしむような音をたてた。壊れかかっている。

それが、苛立《いらだ》ったように、吠《ほ》えた。家をも揺さぶるほどの声だ。

「いないのか！ 早く！ もう誰もいないのか！」

中川は大声で言った。「いたら返事をしろ！――いないのか！」

バリバリと音がして、ドアが裂けた。中川は、あの赤い眼が、今は燃え立つように、殺意をたぎらせて、光るのを見た。

居間へ飛び込むと、ドアを力任せに閉じ、ソファを引きずって来て、ドアへ押し付けた。

こんなもので防げるだろうか？

しかし、やってみる他はない。だめなら？――自分が立ち向うしかないのだ。

「中川さん！ 声が――」

と、あの主婦が叫んだ。

ドアの向うから、

「開けて……開けて」

と、女の声が洩《も》れて来る。

まだいたのか！　中川は、ソファを少し向うへ押しやって、ドアを細く開いた。

「早く、こっちへ！」

と中川は叫んだ。

白い手が差しのべられる。中川はそれをつかんで引張った。

間に合うだろうか？　果して、自分にそんな力が残っているかどうか、中川には分からなかった。ズルズルッと、腕が現れて来る。

やれるぞ、と思った。必死になれば、力が出るものだ。

その瞬間、凄《すご》い速さで、中川の手の中から、その女性の手が逃げて行った。一瞬、目を疑ったほどの速さだ。ハッとしたときには、もうドアの隙間には何も見えなくなっていた。

そして、身の芯《しん》まで凍りつくような、凄絶《せいぜつ》な悲鳴が聞こえた。苦悶《くもん》が焼き込まれた絶叫が、ドアや壁すら貫いて、中川の耳を突き破らんばかりに響いた。

長く長く、尾を引いて、その叫びは、遠いサイレンのように減衰して行き、そして唐突に途切れた。

沈黙がやって来た。──壊れたドアを踏みつける音がして、それが玄関から出て行くのが分った。

中川は放心状態のまま、細く開いたドアの前に座っていた。

すすり泣きの声がした。──誰もが、もう死んでしまったように、息すら殺しているようだ。

それは、行ってしまったらしかった。

中川は、肩に触れる手で、ふと我に返った。

「——中川さん」

あの主婦だった。涙声だが、しっかりしていた。

「奥さん……。もう一人いたんです」

「ええ。ええ」

と、二度言った。「——あなたのせいではありませんわ」

「私は何もできなかった……。手をつかんでいたのに。アッサリと奪い取られてしまった……」

「あなた一人ではとても無理です」

中川は、両手で顔を覆った。——なぜ、出て行かなかったのだろう。ドアを開けて、飛び出して行き、あいつへ立ち向って行けば、自分一人が犠牲になって済んだのだ。

「それより、中川さん」

と主婦は言った。「また戻って来たら、どうします?」

主婦は、わざと中川の思いを、現実へとそらそうとしたのだ。中川にも、それはよく分った。

そうだ。まだ生きている人たちがいる。

苦しんでばかりいてはだめなのだ。絶望している暇はない。やることがあるのだ。

「──そうですね。そいつは考えなくては……」

中川は、立ち上ろうとして、よろけた。

「中川さん！」

「大丈夫。大丈夫です。いや、ちょっと疲れただけで……」

中川は、庭の方へ向って、二、三歩進んだ。そして、崩れるように床に倒れてしまった。

12 生《せい》還《かん》

「雨がやんだわ」

と、桂子が言った。「ね、静かになったじゃない」

「うん」

と辻原が言った。

「何だ、起きてるの」

「誰に話しかけたんだ？」

「勝手にしゃべったのよ」

と、桂子は言った。「――川尻さん、眠ったのかしら？」

「そうだろう。お前も寝ろ。僕が起きてる」

「眠れないわ。どうせ、もうすぐ朝でしょ」

「どうかな。時間の感覚がなくなったよ」

森の中は静かだった。――静かであることさえ、はっきりとは感じられないくらい、音のない世界である。

月が出ても、ここは光が届かない、暗黒の世界だ。

「――残った人たち、大丈夫かしら」

と、桂子が言った。

「中川さんと西野さんがいる。火をたいていれば、獣は近づかないさ」

そう言ってから、辻原は、全身の血がどこかへ流れ出てしまうような気がした。――雨が降ったのだ！

かなり長く、降り続いたはずだし、ここで降って、あそこに降らないとは考えられない。

すると、火は、消えてしまったはずだ……。

「明日になりゃ、町へ着くかしらね」

と桂子が欠伸《あくび》をしながら言った。

「たぶんね。――お前が人のことを心配するなんて、珍しいじゃないか」

「何よ、皮肉言って。冷たい夫ね」

辻原はちょっと笑った。桂子は怒ったように、言った。

「何がおかしいのよ！」

「おい、静かにしろ。子供が起きるぞ」

「他の人には気をつかっても、自分の女房は放ったらかしなのね」

「やめないか」

と、うんざりしながら、辻原が言った。

「あなたが言わせたのよ」

桂子は、投げ出すように言った。

それきり二人は黙りこくっていた。——やがて桂子が立ち上った。

「どうしたんだ」

「オシッコよ。ここでしてもいい？」

「戻れなくなるぞ」

「大丈夫。声出すから、返事して」

「分ったよ」

「——返事してくれるんでしょうね」

「いい加減にしろ」

フン、と鼻を鳴らして、桂子は、適当に見当をつけ、歩いて行った。

「そう遠くへ行くなよ」

「分ってるわよ」

あれでも少しは私のことを心配してるんだわ、と桂子は思った。

桂子としても、夫を頼りにしているのは事実である。それにまあ、夫としてはそう悪くない。ただ、スリルがない男なのだ。

だから、つい苛々《いらいら》して突っかかってしまう……。

それでも、夫には、責任感というものがある。決して妻を見捨てたりはしないだろう。

それも桂子にはよく分っていた。

あれはそういう人なんだから。

「あいたっ!」

桂子は木の根につまずいて、声を上げた。全くもう!――大体、何でも自分が損な目にあったときには、たとえそれが自分の責任であっても腹が立つ方である。

桂子は、この辺でいいや、と適当に木の幹の陰を選んだ。

――林の中は静かである。

こんな所にいれば、地震のときも、きっと大丈夫だろう。木の根が張っているから、しっかりしているのだ。

ああ、疲れた、と桂子はため息をついた。――これで目が覚めたら、地震も、あの化物も、何もかもが夢だった、ってことにならないかしら、と思った。

いくら夫との生活が退屈でも、こんな思いをするよりはましだ。

そういえば、あの川尻容子と、夫を二人で残して来た。いや、子供を加えると三人だが、それは勘定に入れなくてもいい。

容子が眠っていないことを、桂子は気付いていた。辻原と桂子の話に耳を傾けていたのだ。気配で分った。

もちろん、二人とも臆病《おくびょう》だから、たとえ無人島に取り残されても、お互いに手を出さないかもしれない。しかし、想像するのは楽しいものである。

人生、楽しめる内に楽しまなきゃね、というのが桂子の主義だ。年齢《とし》を取れば、こっちが楽しみたくても、相手がいなくなる。

ザワザワ、と近くで茂みが揺れる音がした。

「――誰？　あなたなの？」

だが、どうも方向が違っているようだ。

誰が来たんだろう？――とは言っても、真っ暗で、よく見えない。

木の幹が震えた。それが体をこすりつけて通ったのだ。

暗かったが、完全な闇というわけではない。桂子は、何か黒い塊が、ゆっくりと目の前を横切って行《い》くのを、ポカンとして眺めていた。

これがあれなのかしら？　でも――こんなに大きいなんて……。

それが止った。何かが、地面にドサッと音をたてて落ちる。

何だろう？――もちろん、桂子は好奇心旺盛《おうせい》ではあるが、命をかけてまで、それを満たそうとは思わない。

ともかく、この場を逃げ出さなくては。こんな近くにいるのだ。いつ気付かれるか分らない。

動けば、却《かえ》って気付かれる、とも思ったが、じっとしているには少々臆病だった。

そろそろと、這《は》って動き出す。自分がどっちから来たか、大体の見当をつけた。

声を出して夫を呼ぶわけにはいかない。

這って、二、三メートル進むと、何かに手が触れた。――石とか、木とか、そんなものではない。

どうも……誰かの手のようだが、まさか、とも思った。こんな所に誰がいるというのだろう。だが、恐る恐る指を這わせてみると、確かに人の手である。

だが、触れているのに、向うはまるで反応がない。それに――いやに冷たい手である。そっと、手首の方へと指先を滑らせて行くと、手首の先で、急に何もなくなってしまった。

桂子は、身震いして、手を引っ込めた。短い叫びが、思わず喉《のど》から飛び出した。手だけが、落ちているのだ！

つまり、あのドサッと下へ落ちたのは――誰かの死体だったのだろう。

ショックのあまり、桂子はその場に座り込んでしまっていた。

枝の折れる音が、すぐ後ろで聞こえて、桂子は振り向いた。――二つの赤い眼が、じっとこっちを見ている。

弾《はじ》かれたように立ち上って、桂子は、めちゃくちゃな方向へと駆け出していた。

悲鳴は出なかった。声を出すどころではなかったのである。ただ、思い切り走った。

真っ暗な林の中を、目をつぶっているのと同然で突っ走っているのだから、当然すぎる結果となった。何かにつまずいて前のめりに転び、木の幹へ頭をいやというほど打ちつけ、そのまま気を失ってしまったのである。

中川は、灰色の海を泳いでいた。

どうしてこの海は青くないのだろう、と妙な気がした。そして、水にしては、いやに体にまとわりついて来るのだ。

灰色の海の中に潜っていると、次第に息が苦しくなって来る。だが、どっちが水面なのか、まるで見当もつかない。

ただむやみやたらとかき回してみるのだが、一向に顔が出ない。

胸が苦しい。——このままでは溺《おぼ》れてしまう。空気を。——早く空気を。

「まあ、気が付いたんですね」

女の声がした。

中川は目を開いた。覗《のぞ》き込んでいるのは、青白い顔の女だった。誰だったろう？

「良かったわ。もう死んでしまうのかと思って……」

そうか、けがをしていたんだ。名前は知らない。——中川は、やっと、今、自分がどこにいるのかを思い出した。

そして、あの忘れられない、凄《すさ》まじい悲鳴と……。

「あいつは？　あいつはどこです？」

中川は起き上って、せき込むように訊《き》いた。

「大丈夫です。もう朝なんですよ」

と、その主婦が言った。

中川は、庭が明るく照らされているのに、初めて気付いた。助かったのだ。──しかし、昨夜、また一人、やられた。

「具合はどうですか」

と、その主婦に訊かれて、中川は、やっと我に返った。

「ええ。大丈夫です。何ともありません。疲れとショックで、気を失ったようです。申し訳ない」

「いいえ」

「あなたの方こそ、けがはどうです?」

「変ですね。ゆうべみたいなことがあって……」

と、主婦は明るい庭先を見た。「却って生きてなきゃ、と思うんです。あの奥さんが犠牲になって……おかげで私たちが生きていられるんですもの」

「そう。──それでいいんですよ」

中川は肯《うなず》いた。自分に納得させようとするかのように、くり返し、肯いた。死んでしまった者は、もう戻らない。しかし、まだまだ生きている者がいるのだ。しっかりしなくてはならない。

「すっかり朝ですな」

中川は立ち上った。いくらかめまいがしたが、じっとしていると、すぐに慣れる。

庭先へ出てみると、朝の六時ぐらい、という空だった。昨夜の雨の後で、よく晴れそうだ。

下はずいぶんぬかるんで、水たまりになっていたが、充分に陽が当れば、乾くだろう。

気が付くと、中川自身、ひどい格好をしている。――ゆうべ、このぬかるみの中へ落ちて、それきりである。シャツもズボンも泥が乾き始めていた。

そうだ……。気は進まないが、確かめねばならないことがある。

庭に積み上げた木片の山は、すっかり濡《ぬ》れてしまって、このままでは、とても燃やせない。

一日で乾くだろうか？

垣根は、いとも簡単に潰《つぶ》されていた。あいつにとっては、「何もない」のと同じだったろう。

「出やすくしてくれたな」

と、中川は呟《つぶや》いて、表の道に出た。

玄関の方へ回ってみる。――覚悟はしていたが、やはり、息を呑《の》むような光景だった。

ドアが二つに裂かれ、床に踏み潰されたようになっている。ドアの枠が、前にも増して、ひどく歪《ゆが》んでいた。

下手をすれば、家でも押し倒しかねない力だ。

そして、玄関からの上り口に、すでに乾いてはいたが、血が飛散していた。ドアから、表へ、そして道へと、血が帯状に、続いていた。それは山の方向へと向っていた。

「――大丈夫かな」

辻原たちは、もう隣の町へ着いただろうか？

庭の方へ戻ってみると、あの主婦が、縁側へ出て来ている。

「どうしました？」

「いいえ、別に。――陽に当りたくて」

「いいですね」

中川は、並んで腰をおろした。タバコでもと、つい手がポケットに行く。

ゆうべのあのさまでは、タバコなどすえたものではないだろう。

「――考えたんですけど」

と主婦が言った。

「え？」

「いいえ、ほんの思いつきなんです」

「何ですか？」

「笑わないで下さいね」

「笑ったりしませんよ」

「ゆうべ……あの獣はどうして、開け放してあったこの居間の方へ来ないで、玄関の方へ回って来たんでしょう？」

「さあ……」

「私、血の匂いをかぎつけて来たんじゃないかと思いますの」

「なるほど。――匂いか。そうかもしれませんね」

「ああいう、獣って、匂いにはとても敏感でしょう」

「もちろんそうでしょう」

「だったら、ガスの匂いなんか、嫌うんじゃないでしょうか」

「ガス？」

「プロパンのボンベが裏にありますわ。あれから、ガス管を引いて、今度あれが来たら、吹きかけてやれば。――何だか馬鹿らしいかもしれませんけど」

「いや、そんなことはありませんよ」

確かに、あんな巨大なやつが、ちょっといやな匂いをかいだぐらいで退散するかどうかは怪しい。しかし、やってみる価値はありそうだ。

「それはいい考えですよ」

と、中川は言った。

「本当にそう思います？」

と、主婦が照れくさそうに言った。

「本当ですとも。私は、考えつきもしませんでしたよ」

「そんなこと……」

主婦は嬉《うれ》しそうだった。――諦《あきら》め切っていた表情の代りに、生きているしるしのような、輝きが見られた。

「よし。それじゃ、あのボンベをここへ持って来ておきましょう」

「でも、とっても重いんでしょう？」

「なに、転がして来れば、大したことはありませんよ」

「――中川さん！　ほら――」

と、急に、その主婦が声を上げた。

「え？」

「西野さんだわ！　西野さんが――」

中川は立ち上った。

道を、ふらつくようにやって来るのは、確かに西野早苗である。

「西野さん！」

中川は、駆け出した。早苗は、ちょっと手を上げて見せた。

「どうしたんです？　心配して――」

駆け寄った中川は、額からいく筋も血を流して、凄《すご》い顔の早苗を一目見て、ギョッと口をつぐんだ。

「大丈夫……。お化けじゃないわよ。そんなに凄い？」

と、早苗が面倒くさそうに言った。

「何があったんです？」

「小山好江ですよ」

「彼女が？」

「私を殴りつけたの。神にいけにえを捧《ささ》げるんだとかで、焼き殺されるところ」

「何てことを……」

「幸い、下が湿っててね。少しいぶったくらいで消えちゃったんです。――こっちは気を失って、ゆうべの雨で、やっと意識を取り戻したってところよ」

早苗は、中川に抱きかかえられるようにして、歩き出した。

「――みんなには、ただ、足を踏み外したってことにしといて下さいね」

「分りました」

「ゆうべは、大丈夫でした？」

「いや」

と中川は言った。

「じゃ――やられたの？」

中川が肯く。

「何人？」

「一人です。どうにもならなかった」

「そう……」

早苗は沈んだ声で呟いた。

「小山さんも捜さなくちゃいけませんね。そんな風では、また誰かやられるかもしれない」

「その必要ないわ」

「え?」

「あそこにいたわよ」

と、来た方を振り返る。

「というと――」

「頭と胴が別々になってね」

中川は黙った。二人は庭先へ入って行った。思いがけないことが起った。――居間にいた人たちが、一斉に拍手したのである。

戸惑い顔の早苗は、それが自分への拍手だと知ると、

「どうも……」

と、軽く頭を下げ、「ちょっと岩に頭をぶつけたんですよ。ひどいわね、雨には濡《ぬ》れるし……。でも、少しは頭が良くなったかもしれないわね」

笑い声が上った。――昨夜の、あの恐怖が、逆に、この人々を勇気づけていたようだ。

中川は、不思議だ、と思った。人間の心の動きというものは、計算で出るものではないのだ……。

「——辻原さんたちはどうしたかしら」

と、早苗が縁側へ腰をおろした。

「さあ。——無事に行けば、もう着いているころですがね」

「きっと着いてるわよ」

と、早苗は言った。「そう思うわ」

何となく、誰もがホッとした様子だった。

13　行方不明《ゆくえふめい》

辻原は目を覚ました。

誰かが揺さぶっていたのだ。――目を開くと、川尻容子の顔が、すぐ間近にあった。

いけませんよ、奥さん、そんなことは。――そう言いかけて、容子の、不安な表情に気付いた。

「どうしました？」

「いらっしゃいませんわ」

「誰が？」

「奥様です」

辻原は起き上った。

朝になっていた。林の中は相変らず薄暗いが、視界ははっきりしている。

みゆきは、枯れた木をいじって遊んでいる。

「――どこへ行ったんだろう？――桂子！　桂子！」

と、辻原は叫んだ。「しょうがないな、全く」

「でも、どこへ――」

「大方、その辺をぶらついてるんでしょう！　すぐ戻りますよ」

辻原は立ち上りながら、言った。

「でも、私、ずいぶん前に起きたんです。そのとき、もう、いらっしゃらなかったんですよ」

「どれくらい前ですか」

「さあ……。三十分はたっていると思いますわ」

確かにおかしい。臆病《おくびょう》な桂子が、一人で、こんな林の中、遠くへ行くはずがないのだ。

「妙ですね……」

と、辻原は頭をかいた。

「ゆうべ、うとうとしているときに、奥様が用を足しに立たれたのは憶《おぼ》えてるんですけど、そのまま眠ってしまって……。疲れてるのか、こんな所でも、ぐっすり眠ってしまいましたわ」

辻原は、二、三歩前へ出た。青ざめた顔を、見せたくなかった。

そうだ！――声を上げて呼ぶから答えてくれ、と桂子は言った。それを聞いて、その後は？

聞こえなかった。桂子の呼ぶ声は、しなかったのだ！

遅いな、と思いつつ、眠ってしまった。すると桂子は……。

「捜しましょう」

と、容子が言った。「道に迷われたのかもしれません」

「ええ。――すみませんね、あいつのために――」

「とんでもありませんわ。じゃ、手分けして捜しましょうか？」

「いや、バラバラになるのは、まずい。一緒に動かないと」

「じゃ、方向を決めて、一つずつ……」

三人は、林の中を、

「桂子！」

「奥さん！」

「おばちゃん！」

と、三通りに呼びながら、捜し回った。

元の場所へ出られるように、しばらく行って、逆に戻り、一旦《いったん》、最初の場所へ着いてから、また別の方角へと向った。

たっぷり二時間近く、捜しただろう。

捜索は空しかった。

「――どうしましょう？」

と、容子は、息を弾ませながら、言った。

「参ったな！」

辻原は、悩んだ。——自分のせいで、桂子が、どこかへ迷い込んだのかもしれないからである。

「あら、みゆき、どうしたの！」

と、容子が声を上げた。

「どうしました？」

「手が血だらけ……。どこでけがしたの？」

容子は青くなっている。

しかし、みゆきは平気な顔で、

「けがしてないよ」

と言った。

「だって血が——」

「さっき木に触ったから、ついたんじゃない？」

とみゆきは言った。

「どこの木？」

辻原が訊《き》く。

「今、通ったとこ。——その向うの、二つに分かれた木のとこ」

「あれかい？」

辻原は、急いで、その木へと駆け寄った。——容子は、みゆきの手を拭《ぬぐ》ってやると、辻原の後を追った。

辻原は、その木の前に、石像のように立ちすくんでいる。

「どうしたんですか？」

辻原は、黙って首を振った。容子は、木の幹と、その根のあたりに、べっとりと血が広がっているのを見て、叫び出しそうになった……。

「何か……」

「いや、木の幹が、凄《すご》い力でえぐられているだけです」

「まさか、奥様がそんな——」

「桂子でないとしたら誰です？」

容子は口をつぐんだ。

「——すみません」

辻原は、深々と息をついた。「僕があいつを殺したようなものだ……」

容子は、何とも言えなかった。

辻原は、上を向いて、一つ息をつくと、

「仕方ない、行きましょう」

と言った。

「でも、奥様を——」

「これ以上、時間をむだにできません」

と辻原は言った。「中川さんたちが待ってるんです。みんなの命がかかっている。——行きましょう」

辻原は歩き出した。容子は、みゆきの手を引いて、急いで後に続いた。

それから、しばらく三人は無言で歩き続けた。

道は、狭くなり、下って行って、もうすぐ町かと期待させては、また上りになった。

「ママ、疲れたよ」

強行軍に、少々みゆきがばて気味だった。何しろ辻原が、まるで何かに追われるように、猛然と歩いているのだ。ついて行くのは大変だった。

「辻原さん」

と容子は呼びかけた。「少し休んで下さいません？　みゆきが疲れていて……」

辻原がキッと振り返って、

「ぐずぐずしてると、食い殺されるんですよ、それでもいいんですか！」

と、怒鳴るように言った。

容子とみゆきは、ギョッとして辻原の顔を見た。——こんな険しい表情の辻原を見るのは初めてである。

辻原は、その場に座り込んで、自分も息を弾ませた。

「すみません……」

と、低く呟《つぶや》くように、「休みましょう。僕はどうかしてるんです。許して下さい」

容子は、みゆきを、平らな岩の上に座らせて、辻原の方へ歩いて行った。

辻原は、両手で顔を覆っていた。

「——辻原さん」

並んで腰をおろすと、容子は静かに、言った。

「奥さん……僕は……」

「ご自分を責めてはいけませんわ」

「本当に僕のせいなんですよ」

「あなたが殺したわけじゃないんです。それに、奥さんでないという可能性だって、あるし——」

辻原は、容子を見た。

「あなたは優しい方ですね」

「いいえ、そんな……」

容子は戸惑った。辻原は参っている。自分を責め続けているのだ。

容子は、みゆきの方へ目を向けた。

「あら、眠っちゃったんだわ」

みゆきは、そばの岩にもたれて、眠り込んでいる。

「いいですねえ」

と辻原は言った。

「本当に……。大人なんて、弱いものですわ」

「全くです。——桂子のことを、僕は怒っていた。それが辛《つら》いんです。僕は、桂子がいないのを知っていて、わざと、眠り込んだのかもしれません」

「そんなことが——」

「いや、そうかもしれない、というだけです」

辻原は肩をすくめた。「そうでないかもしれない。——はっきりは分りません」

「そうだとしても、それで苦しんでいるのでは……」

「はっきりしない限り、いつまでも苦しむしかありませんよ」

辻原の言葉は、我が身を切る刃のようだった。容子は、思わず手を伸ばして、辻原の手を握った。

辻原が容子を抱き寄せる。容子は、抱きすくめられ、唇を吸われた。

初めて、夫以外の男の唇を受けたのだった。——抵抗はなかった。

夫を裏切っているのではない。辻原の苦しみを、いささかでも和らげてやりたいというだけなのだ。

容子は、医者のような気持だった。これで辻原が救われるのなら、それでいい。

辻原は、まるで苦しみよりは怒りをぶつけるように、容子を押し倒した。容子は目を閉じて、胸を開き、胸を探って来る辻原の手を、なすがままにさせてやった。

辻原がのしかかって来ると、容子は、彼を抱き寄せた。

みゆきを起こさないように、容子は、押し殺した声を上げた。

「やっつけるのよ！」

と、西野早苗は言った。

「しかしどうやって――」

と中川が言いかけると、

「それをみんなで考えるんじゃないの」

と、早苗は遮った。

居間の真中に、早苗はあぐらをかいて、座っている。一見、牢名《ろうな》主《ぬし》風、というところだった。

「くやしくないの？」

と、早苗は、みんなの顔を見回す。「ここにいる人たちは、あのひどい地震に生き残ったのよ。それだけで、本当に幸運だわ。それなのに」

と、一旦《いったん》言葉を切って、

「何だか得体の知れない化物に次々に殺されて、それをまた、みんなじっと待ってるなんて！」

「そうじゃないけど……」

と、主婦の一人が言った。

「何なの？」

「あんな大きなのに、どうやったって、かないっこないし……」

「やりもしないで、そんなこと言える？」

と、早苗はやり返した。「何もしなくても殺される。何かやっても、そりゃ殺されるかもしれないわ。でも、同じ殺されるなら、戦って死にたいわね、私は」

「やり方があればね」

「考えるのよ！」

早苗は食いつくように言った。「向うだって、エサを食べるからには、普通の生き物なのよ」

「そりゃまあ……」

「だったら、けがもするし、死ぬことだってあるはずだわ」

「だがね、西野さん」

と中川が言った。「ここにいるのは、ほとんどがけが人だよ」

「分ってますよ。何も化物と相撲を取れとは言わないわ」

と早苗は言った。「こちらの奥さんは、ガスで追い返そうって案を出したわ。みんなも一緒に考えて！」

「――釘《くぎ》を打った板を、逆にして入口に置いとくの、どうかしら」

と、一人が言った。

「いいわね！　足の裏はきっと柔らかいわよ！」

「なるほど」

中川は肯《うなず》いた。「木や釘は、壊れた家にいくらもありますよ」

「ガラスの破片もいいわ」

「熱湯をかけたら？」

「お湯を沸かせないのに？」

「あ、そうか」

「いや、そうとも言えません」

と、中川は言った。「木が乾けば、火は使える。何かヤカンのようなものを捜して来て、湯が沸かせますよ」

「でなきゃ、おヘソで沸かすのよ」

と、早苗が言ったので、大笑いになった。

「――音はどうでしょう」

と、一人が言った。「音のするもの――金属の物とか、何でもいいから集めて、思いっ切り、打ち鳴らすの」

「なるほどね。一度はきくかもしれないな。二度、三度はだめだろうけど」

と中川は言った。

「目よ、問題は」

と、他の一人。「あの目を見たとき、ゾッとしたわ」

「確かにね」

中川は同感だった。「あの赤い目は実に無気味だ」

「目を潰《つぶ》せない？」

と、早苗が言った。

「――それは容易じゃないですよ」

と、中川は言った。

「やってみてもいいじゃない」

「それはまあ……」

「何か尖《とが》ったもので突き刺すか」

「砂でもぶつけてやれば？」

「目薬持ってるかしら」

と誰かが言った。

中川は笑いながら、こんなにも、みんなに生きる意欲が出て来たのが、嬉《うれ》しくてたまらなかった。

それに、中川は専ら、いかに防ぐかしか考えていなかったのに、こうして話をしてみると、色々なアイデアが出て来るのに感心してしまった。やはり、一人の頭には、限界があるのだ。

ともかく、話をしている内に、あの怪物と対決しようという気持が盛り上って来たのである。

もちろん、容易に勝てる相手でないことは分っている。しかし、みんな、生きのびるためには、闘わねばならないと悟ったのだ。

中川と早苗が二人で、一軒の家から、プロパンガスのボンベを転がして来ると、居間の中では、あの主婦が、何やら作っている。

「何してるんです?」

と中川が訊《き》いた。

「即製の槍《やり》です」

と主婦は言った。

細い椅子の足に、ガラスの鋭い破片を、糸でくくりつけている。

「これでいざというとき、目を刺してやります」

「その意気よ」

と、早苗が言った。

早苗と中川は庭へ出た。

「──どう思います?」

と中川が言った。

「もう昼を過ぎたわね」

「そうなんですよ」

「もし、ゆうべの内に、辻原さんたちが向うに着いていたら……」

「救援が来てもいい頃だ」

「途中で何かあったんでしょう」

「たぶん、ね」

と中川は肯く。「あの地震で、やられたかな」

「山崩れ、落石、それに、あいつに出くわしたかも……」

「まさか！」

「その、まさかが現実に起こるじゃありませんか」

「そうは思いたくないですがね……」

「私だって——」

と、早苗は言った。


「みゆきちゃんが目を覚ましたようですよ」

と、辻原が言った。

「あら、本当だ」

容子は、みゆきが欠伸《あくび》をしているのを見て笑った。

「じゃ、そろそろ出かけますか」

辻原は立ち上った。

すっかり、表情が明るくなっていた。

「みゆき、もう大丈夫？　じゃ、出かけるわよ」

容子はみゆきの手を引いて、歩き出した。

辻原との情事は、不思議な満足感の中にいた。

辻原との情事は、ほんの数分のことだったが、それは不倫とか、浮気といったものとは違っていた。

といって、夫のいない寂しさを、辻原で埋めたわけでもない。

それは、一種の「回復」だった。いつの間にか沈んでいた絶望の中から、抜け出したのである。

それは辻原も同じだった。

二人は、もう二度とこんなことになるまい、と分っていた。

二人の束の間の情事は、そんなものではなかったのである。

「——少し陽が傾いて来たかな」

と辻原が言った。

「急ぎましょう。また野宿じゃ困りますもの」

「全くだ。少しみゆきちゃんを抱いて行きましょうか」

「いいえ。歩けるわよね、みゆき？」

「うん」

と、みゆきは肯いた。

「強いなあ、みゆきちゃんは」

と辻原が、みゆきの頭を撫《な》でる。

「でも、おばちゃんのこと、待ってなくていいの？」

とみゆきが訊く。

「おばちゃんはね――先に行って、待ってるんだよ」

と辻原は言った。

「ふーん」

みゆきは首をかしげた。「でも、後ろで呼んでたよ」

辻原は面食らった。

「誰が呼んでたの？」

「おばちゃんだよ。――ほら」

二人の耳にも、微《かす》かに、

「待ってよ！」

という叫びが聞こえて来た。

「桂子だ」

辻原は言った。「あいつ――」

やって来る桂子の姿が、遠くに見えると、容子は、辻原を見て、

「良かったですね」

と言った。

「全く……」

辻原は、ポカンとした顔で呟《つぶや》いた。それから、ふと容子を見た。

「ご心配なく」

容子は微笑んだ。

「ありがとう」

辻原は、容子の手を軽く握った。

桂子は、ハアハアと喘《あえ》ぎつつ、やっと追いついて来て、

「どうして置いてくのよ！　この人でなし！――二人でしめし合せて、私を置いてってたんでしょ！」

とヒステリーを爆発させた。

辻原は困り果て、容子は微笑んでいる。そしてみゆきは、わけが分らないという顔をしていた。

14 帰《き》還《かん》

「痛い！」

と、桂子が悲鳴を上げる。

「がまんしろよ。例の化物に殺されるよりいいだろ」

辻原が、濡《ぬ》れたハンカチで、妻の額の傷を拭《ふ》いているのである。

「あなたって――そんなに冷たい人だったのね。痛っ！　わざと乱暴にやってるじゃないのよ！」

「おばちゃん、おかしいよ」

と、そばで見ていた、みゆきが、真面目な顔で言った。「大人は痛くっても、じっとがまんするんだよ」

「みゆき、やめなさい」

と容子がたしなめる。

しかし、容子自身も、ついつい笑みをこぼしてしまうのだった。何しろ、傷といっても、桂子の場合は、勝手に立木にぶつかってこしらえたコブである。

「お前は石頭だから、大丈夫だよ」

と、辻原ものんびりと笑っている。

「フン、私を放ったらかして行こうとしてたくせに」

と、桂子はむくれている。

「奥さん、それは違いますよ。私たち、一生懸命捜してたんですもの」

と、容子が言った。

「怪しいもんだわ」

と、桂子は、そっぽを向く。

「捜してなかったら、もっと先まで行ってるさ。それぐらい、分るだろう。――さあ、大分傷はきれいになった」

「ああ、痛い！――あなた、私が生きてたんでがっかりしたんでしょう」

桂子の、突っかかるような言い方にも、今は腹を立てる気もなくなって、辻原は肩をすくめた。

「想像に任せるよ」

辻原は空を見上げた。「――さあ、早く行こう。また日が暮れちまう」

「ええ、行くわよ」

と、桂子は立ち上ったが、とたんに、「痛い！」

と顔をしかめた。

しかし、ともかく四人は歩き出した。

辻原が先頭で、桂子がブツブツ文句を言いながらその後。少し遅れて、みゆきの手を引いた容子が続いた。

てっきり桂子が怪物にやられたと信じていた辻原との、束の間の情事は、容子を微妙に変えていた。——奇妙なことだが、その前よりも、辻原を男として意識しなくなって来たのである。

考えてみればおかしな話だ。一度は抱かれた相手に「男」を感じないというのは。しかし、事実なのだから、仕方ない。

苦しんでいた辻原の「痛み」をいやしてやったという、その満足感が、容子を充《み》たしていたのだ……。

「ねえ、ママ」

と、みゆきが言った。

「なあに？」

「さっき、おじちゃんと何してたの？」

容子は、ちょっとポカンとして、

「何も——してないわよ」

「ふーん」

みゆきは、大して関心のない様子で、「二人で遊んでたじゃない」

と言った。

容子はあわてて咳払《せきばら》いした。

「——あれは誰だったのかしら」

と桂子が言った。

「何のことだ？」

「あの手首の持主よ」

「もう考えるな」

「考えたかないけどさ」

と、桂子は肩をすくめて、「でも私はあいつと面と向っていたのよ。いやでも考えちゃうわ」

「——大きかったか？」

「小山ほどもあったわよ」

と、桂子は真顔で言った。

「命が助かっただけで見つけもんだ」

と、辻原は言った。「気を失ってる間に、向うはいつでもお前を殺せたんだからな」

「満腹だったのね、きっと」

言っておいて、桂子はさすがに気持悪いのか、首を振った。

本当にそうだ、と辻原は思った。——容子との出来事、そして桂子が生きていたことで、頭が一杯だったので、考えなかったのだが、誰かが昨日、またやられていたわけだ。

自分たちの後を追って山へ入って来た者があるとは考えられない。町に、そんな元気のある者は残っていないはずだ。

ということは――考えたくないが、町にいた誰かがやられたのに違いない。

「みんなやられちゃったのかなあ」

と、桂子は言った。

「まさか。――中川さんも西野さんもいる。そうやすやすとはやられないさ」

自分へ言い聞かせるように、辻原は言った。

「分りゃしないじゃない。それにゆうべは雨だったのよ。火を燃やすっていったって、消えちゃっただろうし」

「ともかく絶望はしないことさ」

「したくもなるわよ」

そう言いながら、桂子はせっせと歩いている。昨夜の恐怖の体験だけは、適当に人生をごまかして生きる主義の桂子にも、ごまかしようのない本物だったのだ。

やはり、死ぬよりは生きていたい、と桂子は思うようになっていた。

「――いい加減、隣の町に着いても良さそうなもんね」

桂子の言葉に、辻原は、

「行方不明になるようなのがいるからさ」

過ぎる。

と軽い調子でやり返した。

しかし、辻原自身にも、その不安はあった。いくら回り道をしているとしても、少し遠

もちろん、この道がどこへ通じているのかは誰も知らないのだし、それを承知でやって来たのだが、ともかく、どこかへ出るのでなければ、道があるはずもない。もしかすると、隣の町よりも、ずっとずっと遠い所へ出てしまうのかもしれなかった。

「お腹空《す》いた」

と、みゆきが言った。

そう。ともかく、もう体力も限界に来ている。子供だけではない。大人だって、そういつまでも気力だけでもつものではないのである。

「もう少し我慢してね」

と、容子は言った。「抱っこしてあげようか？」

「うん」

容子は、みゆきを抱き上げた。腕にずしりと重い。辻原が振り向いて、

「僕が抱きましょうか」

と言った。

「いえ、大丈夫です」

「ママの方がいい」

と、みゆきが言って、何を思ったのか、「おじちゃんは、おばちゃんを抱っこしてあげたら?」

　と言い出したので、みんなが笑い出した。

「——本当よねえ」

桂子も笑いながら、「ねえ、あなた、抱っこして」

「よせよ」

辻原は苦笑した。

「——でも、不思議ねえ」

「何が?」

「チェーンレストランって、あっちこっちに沢山あるじゃない。どうして山の中にも一軒ぐらいないのかしら?」

いかにも桂子らしい発想である。

「さあ、頑張って歩こう」

と、辻原が言った。

突然——数メートル先で、道がポコッと凹んだ。辻原がハッと足を止めると、

「止れ!」

　と叫んだ。

足下が小刻みに揺れた。低い地響きと共にどんどん道が、どこか深い穴へと流れ込むよ

うに、失くなって行く。

「退《さ》がるんだ！　退がって！」

辻原は、桂子を押しやった。

山が、崩れ始めている。容子はみゆきを抱いて、来た道を駆け戻った。それを桂子が追う。そして辻原は、振り向きながら、走っていた。

陥没が、どんどん追いかけて来た。まるで透明な怪獣が、道を食い尽くしているかのように、地面が削り取られ、落ち込んで行った。

道の片側が、突き崩されるように、失くなりつつあった。四人が歩いて来た道を境に、山肌が大きく削られようとしているのだ。

「——止って！」

辻原は足を緩めた。「上るんだ！　その斜面を上れ！」

追いつかれる、と思った。道の、崩れていない側へとよじ上るしかない。

容子は、みゆきへ、

「しっかりつかまって！」

と叫んで、急な斜面に、足をかけた。

とたんに、激しい振動が容子の足もとをすくって、容子はみゆきを抱いたまま倒れた。立ち上ることもできない。——もう、死ぬのか、と思った。

「みゆき！」

力一杯、小さな体を抱きしめる。落石が、頭や肩を打って行ったが、少しも痛みを感じなかった。――神様、せめてみゆきだけでも助けて下さい……。

ほんの数秒間の出来事だった。ズズン、という、音というにはあまりにもの凄《すご》い雄叫《おたけ》びと共に、山崩れは終った。

容子は、顔を上げた。

「みゆき！　大丈夫？」

「うん」

みゆきが、容子の下から顔を出して、「でも苦しいよ」

と、苦情を言った。

容子はもう一度みゆきを抱きしめた。

「ママ、血が出てる」

とみゆきが言った。

手を額へやると、血がついて来た。落石が当って、けがをしたようだ。

「大丈夫よ。痛くないわ」

「――川尻さん！」

辻原の声がした。「大丈夫ですか」

「ええ！　そちらは？」

「何とか――助かったようです」

声だけだ。誰しも、立ち上ることができずにいるのだった。

「私……もう……死にそう」

と、桂子の声がした。

「けがしてるのか？」

「息が切れてるだけよ」

「それなら休んでりゃ治る」

みゆきが、立ち上った。

「みゆき。足下、気を付けて」

と容子は言いながら、体を起こした。

「――ねえママ」

「どうしたの？」

「うちが見えるよ」

容子は、振り向いた。

道も、その向うの山も、すっかり消えて失くなって、ずっと下へと視界が広がっている。

「――まあ」

容子が言った。

潰《つぶ》れた家が見える。――見覚えのある家と屋根が。

「なあに、これ……」

桂子も、そろそろと立ち上った。

誰も、口をきかなかった。――目の下にあるのは、彼らが出発して来た「町」だった。

四人は、また元の所へ戻って来たのだ。


「さあ、みゆきちゃん、乾パンしかないけどね」

と、西野早苗が言った。

「ありがとう」

みゆきは水をガブガブ飲んで、もらった乾パンをおいしそうに頰ばった。

「――申し訳ありません」

と辻原は言った。「結局何の役にも立てなくて……」

「いや、それはあなたのせいじゃありませんよ」

と中川が慰めた。「山の中を歩いていたら、方向なんか分りゃしませんからね」

「それにしても……。全くツイてない」

と、辻原は首を振った。

「無事に戻れただけでも幸運でしたよ」

「そう考えるしかないですね」

と、辻原は苦笑した。

「そろそろまた夕方になります」

中川が言って、庭の方へと目を向けた。「疲れたでしょう。少し横になっては？」

「大丈夫です。何かお手伝いしますよ」

と、辻原は言った。

結局山の中を一回りして、元へ戻っただけだと知ると、急に疲れが出て来て、今にもぶっ倒れて眠ってしまいたいというのが正直なところだった。しかし、残っていた人々の期待を裏切ったという思いが、辻原を責め立てていた。

不可抗力だったのは承知していたが、それでも、胸の痛みは消えない。

——庭では、容子が、壊れた垣根に寄りかかって立っていた。

「——みゆきちゃんは強い子ね」

という声に振り向く。

西野早苗だった。

「西野さんも大変だったんですね」

「私はそう簡単に死にやしないわよ」

と早苗は笑った。「それより、あなた、傷の方は？」

「私は大丈夫です。石頭なんですもの」

と、容子は微笑んだ。

「あーあ」

桂子が欠伸《あくび》をしながら道をやって来る。「骨折り損のくたびれもうけ、ってこのことだわ！」

「すみません」

と、容子が言った。「みゆきがあんなこと言うもんですから……」

「仕方ないわよ。みゆきちゃんだって、あの道通ったらどこへ出るか知らなかったんだもの」

桂子は思いの他、上機嫌である。「疲れちゃった！　ああ、ビフテキ食べたい！　ショートケーキ食べたい！　思いっ切り飲んで酔い潰れたい！」

と大声で言うと、

「ああスッとした」

と、中へ入って行く。

早苗が少しして吹き出した。

「面白い人ね」

「ええ。ちょっとわがままだけど、子供みたいに素直な方……」

と、容子は肯《うなず》いて言った。

「ああいう人って、結構運が強いのよ」

「そうですね。――夜になったら、どうするんですか」

「今日は雨降らないでしょ」

と早苗が空を見上げる。「火を燃やして、それから、戦闘準備よ」

容子は微笑んだ。ここを出発したときは、まるでみんな半分死んでしまったかのように、気力を失っていたのに、今は見違えるように元気になっている。容子は、ちょっと面食らったほどであった。

「勝てるでしょうか」

と、容子が言うと、早苗はちょっと笑って、

「あんなでかいのを相手にして、勝てやしないわよ」

と言った。「勝つ必要はないわ。ともかく、救助が来るまで、こっちを避けてくれりゃいいわけ。――あと長くても一晩か二晩だと思うけどね」

もちろん、それは何の根拠もない希望にすぎないのだ。――しかし、そうと分っていても、どちらもそれを口に出しはしなかった。

ここはもう、見捨てられたのだろうか、と容子は思った。ほんの一握りの住民しかいない町である。いや、「町」というのは、当人たちがそう呼んでいるだけに過ぎない。忘れられた存在なのか。

「――よそはどうなってるのかしら」

と、早苗が言った。「どこもこんな風なのかね」

「さあ……。でも、大きな町は、きっと、もっとひどい状態じゃないでしょうか。大きなビルはあるし、車は多いし、ガラスの破片で死んだり、ガソリンの火で火事になったりす

るでしょう」

「そうね。その点はこの辺の方がまだましなのかしら」

早苗は、ちょっと、額に手を当て、目をつぶった。容子が気付いて、

「大丈夫ですか?」

と、手をかける。

「ええ……。殴られたせいか、時々目が回るの。——ありがとう。もう何ともないわ」

早苗は頭を振った。

「無理なさらないで下さい」

「あいつに食い殺されることを考えれば、大ていのことは我慢できるわ」

その点は容子も同感だった。

「ママ」

とみゆきの声がした。

「なあに? 少し眠ったら?」

「平気。お手伝いするんだ」

「みゆきじゃ、却《かえ》って邪魔よ」

と、容子は笑った。

「いや、そんなことはありません」

と、中川が出て来て、言った。「あちこちの家から、バケツとか、フライパン、鍋《なべ》なん

かを集めて来てもらいたいのですが。奥さん、お疲れのところ申し訳ありませんが、お願いできますか」

「ええ、もちろんですわ」

「ポリエチレンの物はいりません。ブリキとか、金物だけで結構ですから」

「分りました」

と、容子は、みゆきの手を引いて垣根の壊れた所から、外へ出た。

「さあ、どこにするかな……」

と歩いていくと、

「待ってよ」

と声がして、桂子が追って来る。

「どうしたんですか？」

「手伝うわ」

「まあ、嬉《うれ》しいわ」

「違うわよ」

と、桂子は渋い顔で言った。「主人が行って来いって追い出したのよ」

容子は笑い出した。

「――でも早くしましょう。もうすぐ暗くなりそうだわ」

「そうね。またあの化物が出て来るのかしら？」

「来るんじゃありません？　一度憶《おぼ》えたら、何度でも――」

「そっちの水は甘いぞって言ってやりゃいいのに」

と、桂子が言うと、みゆきが、

「ホ、ホ、ホタル来い」

と歌い出した。

桂子も、顔をしかめて笑った。

「――みゆき、ガラスに気を付けてね」

容子は、ひしゃげた鍋を拾い上げると、道の方へ放り投げた。

「こんなにたまったよ」

と、みゆきが言った。

容子は、ホッと息をついて、額の汗を拭《ぬぐ》った。

もう一時間近く、やっているだろうか。あまり危くない家を選んで、台所から、使えそうな物を拾い集めている。なるほど、道を見ると、こんなにあったのかしら、とびっくりするほど、バケツだのヤカンだのが山になっていた。

もうこれぐらいあればいいだろう。――容子は空を見上げた。

少し暗くなり始めている。暗くなるときは、アッという間だ。

「みゆき、おばちゃんは？」

と、容子は訊《き》いた。

桂子と手分けして捜しているのだが、桂子の方は一向に持って来ないのだ。

「あそこの家にいたよ」

とみゆきが指さす。

「そう。呼んで来てくれる？　もうすぐ暗くなるわ」

「はあい」

みゆきも、何か用を言いつけられることが嬉しいのか、元気良く走って行く。

容子は、集めたものの、さて、どうやって運ぼうかと考え込んでしまった……。

——みゆきは、さっき桂子が入って行った家の中を覗《のぞ》いた。

いや、正確に言うと、かつて、中だった所である。今は、床がむき出しで、ソファも何も、雨を吸って、何とも惨めな状態だった。

桂子は、そこで拾った週刊誌をめくっていた。足下には、それでも一応拾い集めた鍋やヤカンが五、六個置いてある。

大体、何をやるにしても、休みの方が実働時間の倍にはなるのだ。

桂子は、女性週刊誌の熱心な読者の一人である。特にセックス記事はせっせと読む。

およそ亭主には新鮮さを期待できないので、専らその手の記事で欲求不満をいささかでも解消しようというところだった。

「凄《すご》いのよねえ、今の週刊誌って……」

と、呟《つぶや》きつつ、ポルノ顔負けの写真を眺めていた。

物音がして、振り向くと、みゆきが後ろに立っていて、週刊誌を覗き込んでいる。さすがに、桂子もあわてて週刊誌を閉じた。

「どうしたの、みゆきちゃん？」

「ママが、もう戻ろうって」

「あ、そう」

「すぐ暗くなるからって」

「そんな時間？　大変だ！」

桂子は少々惜しいと思ったが、週刊誌を床へ投げ出した。

「——おばちゃん、こんだけ？」

と、みゆきが、ヤカンや鍋を見て、「ママは一杯集めてるよ」

「そう？　おばちゃんが捜した家はあんまり使ってなかったみたいなの」

「フーン」

と、みゆきは、何となく納得したようだった。「一つ持ったげる」

「ありがとう。優しいね、みゆきちゃん」

「ウン」

桂子は、両手でヤカンと鍋をかかえると、歩き出した。

「——ねえ、おばちゃん」

と、みゆきが言った。

「なあに？」

「さっきの写真、何してるとこ？」

「う、うん……それはねえ……」

桂子とて、子供の性教育には自信がなかった。

「――ケンカしてるみたいだね」

「そ、そうね。まあ――遊んでるのよ」

桂子としては精一杯工夫した言い回しである。

「遊んでるの？」

「そう。みゆきちゃんだって、お人形抱っこして寝たりするでしょ。それと同じようなもんよ」

「フーン」

みゆきはそう言ってコックリ肯《うなず》くと、言った。「ママもおじちゃんと遊んでたのかなあ」

15 勝利

「――じゃ、これを把手《とって》に通して」

容子は洗濯物を干すロープを、集めたヤカンや鍋《なべ》の把手に通して行った。「わあ重たいわ！　辻原さん！　手を貸して下さい」

辻原が庭から飛んで来た。

「僕がやりますよ。――さあ、ここへ結んで。――そうです」

庭へ出る縁側に面して、ロープを張り渡してある。そこに、ヤカンや鍋がズラリとブラ下がっていた。

「こんなもので役に立つのかしら」

と容子は息を弾ませながら言った。

「分りませんね。しかし、何もしないよりはいいでしょう」

辻原は、そう言って、居間の隅に寝そべっている桂子の方を見た。「あいつは手伝いもしないで……」

「いえ、そんなことありませんわ」

と、容子は言った。「沢山集めていただいたんですもの。きっとお疲れなんですわ」

そんなことがあるわけはない。辻原には良く分っていた。

「――あの、そちらの方は準備できまして？」

と容子は訊いた。

「まあまあです」

辻原は言った。「もうすぐ夜になる。――あいつが寝過ごしてくれるとありがたいですがね……」

二人は庭へ出た。

「どうですか？」

と、辻原が、早苗へ声をかけた。

早苗は、さっきから、積み上げた枝や板きれに何とか火を点《つ》けようと頑張っていたのである。

「――だめね。どれもしけってて、全然火が点かないの」

早苗がため息をついた。「もっと沢山、乾いた木がないと」

「仕方ありませんね。ゆうべがあの雨だ。それに、今日だってそんなによく晴れていたわけじゃありませんから」

「せっかく集めたのにねえ」

と、早苗は悔しそうである。

「——こうしましょう」

中川がやって来た。「ともかく、乾いている木だけでも束ねておいて、火を点じられるようにしておくんです」

「たいまつ、というわけですね」

「あまり効果は期待できないが……」

「やらないよりはましね」

と、早苗が肯いた。「やってみましょ」

早苗が、乾いた枝や板を抜き出し始める。容子が手伝った。

辻原は、中川と一緒に、玄関の方へと回って行った。

「——川尻さんはよく働きますねえ」

と、中川が言った。「やはり子供と一緒にいると強いのかな」

「すばらしい人ですよ」

と、辻原は言った。「玄関の方はどうです?」

「何とかやってはみましたがね」

玄関の、押し倒されたドアが、起こして立てかけてある。その表面にべっとりと血が黒い帯を描いていた。

辻原は、その場に居合わさなかったことを、感謝していた。

「この血の匂いにひかれてここへ来るんじゃないかと思いますね」

と、中川は言った。「当然、ドアは簡単に破れる。中へ踏み込むと、板に打ちつけた釘《くぎ》が上向きになって並べてあるというわけですが——」

「あいつの足に歯が立つでしょうか？」

「さあ。——しかし、足音をあまりたてないように、掌《て》は柔らかいと思うんですがね」

「あれが熊のバカでかい奴だとすると、そうかもしれませんね」

「熊の手というのは、料理にもそっくりそのまま出ることがあるんですよ」

「ええ。週刊誌で見たことがあります」

「あの熊はそう大きなもんじゃないでしょうが、それでも食べられる程には柔らかいわけです」

「ちょうどこっちも腹が減ってるし、ちょうどいいですね」

と辻原は言った。

二人は一緒に笑った。——中川の顔にも、生気が戻っている。

不思議なものだ、と辻原は思った。もう体力は消耗し、疲れ果てているはずなのに、こうして笑っていられる。

人間の底力というのは、大したものだ、と思った。

「——一つ気になるんです」

と中川は言った。

「というと？」

「いや……今さらこんなことを言っても仕方ないが、あいつは、今は一人ずつを――エサにして満足しています。しかし、万一、この罠《わな》で傷を負って凶暴になったら……」

辻原は肯いた。

「分ります」

「却《かえ》って、みんなやられてしまうかもしれません」

中川は辻原の腕に、手をかけた。「もし――そんなことになったら、私が犠牲になります。これは年齢の順です。――憶《おぼ》えておいて下さい」

「中川さん――」

辻原は冗談でも言って、済まそうかと思った。しかし、中川の真剣な視線にぶつかると、口をつぐんでしまった。

「そのときは、止めないで下さい。いいですね？」

と中川が念を押す。

「分りました」

辻原は肯くしかなかった。

中川は、血のりが帯を描いたドアを、じっと見つめた。――あの、人間のものとは思えないような、凄《すさ》まじい悲鳴。

あれを二度と聞きたくない、と思った。そのためなら、死んでも構わない。

「――他に、あいつがやって来そうな所はありますかね」

と、辻原は言った。

中川は一つ息をついた。

「その気になれば、あの巨体だ。どこからでもぶち破って入って来るでしょう。しかし、最初はわざわざ苦労して壁をぶち破ったりはしないと思うんです。まず楽な所を狙って来るでしょう」

「すると昨夜と同じ所、というわけですね」

「そう考えていいと思いますね。つまり、この玄関か、それともあの庭先からか」

「けが人をどこかへ移しますか。といっても、そんな場所もありませんが」

「それは却ってまずいですよ」

と中川は首を振った。「今はみんなが一緒にいるから、まだ元気でいられるんです。それがちりぢりになったら……」

「そうですね。――しかし、中川さん」

辻原は、少し考えてから言った。「今夜が勝負ですね」

「ええ」

中川は肯《うなず》いた。「同感です」

「あいつは、これまではやすやすとエサを手に入れて来た。今夜はちょっと面食らうでしょう。しかし、それで今夜、撃退したとしても、明日はとても無理だ」

「みんなの士気も、そうはもちませんよ」

中川は言った。「明日、救援が来なければ……。もう……」

辻原も同じ考えだった。

人間、いかに気力で頑張るといっても、限度がある。――ろくな食事もせず、仮眠だけで、何日ももつものではない。

けがをしていたり、自分も、無駄足に終った「旅」で、疲れている。もう何日も頑張れないだろう。

けがをしている者たちは、なおさらである。ろくな手当すらしていない。

むしろ、ここまでやって来たのが、奇跡といってもいいくらいである。

「さあ、そろそろ暗くなりかけて来ましたよ」

と、中川が言った。

二人が庭の方へ戻って行くと、容子が、みゆきと一緒に、道へ出て、何やら机の足を地面に突き立てようとしている。

「――何してるんです？」

と、辻原が駆け寄った。

「ああ、辻原さん。みゆきが言い出したんです」

「あのね――」

と、みゆきが言った。「おうちの周りにグルッと糸を張って、おヤカンをぶら下げておくの。何か来たら、音がするよ」

「そうか。——いや、それはいい考えだ!」

辻原は額を打った。「あんなにヤカンや鍋《なべ》が余ってるんですからね。みゆきちゃんはお利口さんだな!」

「お役に立って良かったわね、みゆき」

と容子は言った。

「待って下さい。すぐに手伝います」

辻原は、家の中へ駆け戻った。

「——おい、桂子、お前も手伝えよ」

と声をかけると、桂子は寝転んだまま、

「疲れてるのよ」

と言った。

辻原は文句を言いかけたが、今はそんな余裕がない。急いで、カーテンなどの布を裂いて、細い紐《ひも》のようにすると、それを持って外へ出た。

——結局、三十分ほどかかったが、何とか家の周囲にぐるりと紐を張りめぐらせることができた。それぞれにヤカンや鍋が二個ずつくくりつけてある。

「あいつが紐を切れば、音を立てますよ」

と、辻原は言った。「さあ、中へ入りましょう。もうすっかり暗くなった」

——居間へ上ると、西野早苗が作った板きれの束の一つが、燃えて、光を投げかけていた。

「何とか十束ぐらいできたわ」

と早苗が言った。「しばらくはもつでしょう」

辻原は、その火のそばに座り込んだ。

中川が、居間の中を見回した。――誰もが、目を開いていた。

中川は口を開きかけて、やめた。もう何を言う必要もない。みんな、何もかも分っているのだ。

「今頃、あいつは目を覚まし、欠伸《あくび》してるのかしら」

と早苗が、呑気《のんき》な調子で言う。

「できるだけ寝過ごしてほしいですね」

と、辻原が言うと、低い笑い声が起った。

奇妙に、緊張感や悲壮感がない。

まるで、列車が事故で遅れて、仕方なく待っている、といった様子なのだ。結構、そんなものなのかもしれない。

中川は、奥の方へ歩いて行った。――中川が名前を知らない、あの、けがをした主婦が、壁にもたれて座っている。

「どうですか、具合は」

中川が訊《き》くと、その主婦はクスッと笑った。

「何かおかしいことを言ったかな」

「ごめんなさい。だって、いつも中川さん、そうおっしゃるんですもの」

「そうか」

中川は頭をかいた。「どうもワンパターンでね」

「私なら大丈夫です。いつ来ても、これをひねって追い返してやりますわ」

その主婦の隣に、プロパンガスのボンベが置いてある。あれが上って来たら、コックをひねって、吹きかけてやるのだ。

危険だから、と中川が止めたのだが、自分で言い出したのだから、自分でやると言って聞かなかったのである。

「中毒しないで下さいね」

「大丈夫です。——爆発しないかしら」

「そう簡単には爆発しませんよ」

「私たちの代りに、このボンベをくわえて行ってくれないかしら。おいしいのに」

中川は微笑んだ。

「奥さん」

「え？」

「お美しいですね」

「まあ、何を——」

「いや、怒らないで下さい。別にこの年齢ですから、下心があって言ってるわけじゃありません。あなたがそうして、平静にしている姿が、とても美しいですよ」

「ありがとうございます」

とその主婦は言った。「でも、今度は下心を持って、そう言って下さいません？」

「なるほど」

二人は一緒に笑った。

辻原は、手製の槍を手にして、先にくりつけられた、尖《とが》ったガラスの破片を、指先で触れていた。笑い声に、ちょっと振り返り、

「いいもんですね。笑い声っていうのは」

と呟《つぶや》くように言った。

「本当ね」

早苗は言った。「こんなときに笑えるってすばらしいわ」

――辻原は、桂子のそばへ行って座った。

「――眠ってるのか」

「いいえ」

「大変なことになるかもしれんぞ。もし僕が死んだら、何とかやっていけよ」

桂子は、天を見上げた。

「あなたは死なないわ」

「どうして?」

「私の勘よ。それに、浮気できる人間は、生きるのに執着してるから大丈夫」

「お前のことだろう、それは」

「知らないと思ってるの」

「何を?」

「川尻さんと浮気したでしょ」

辻原は、薄明りの中で、妻の顔を見つめた。

「分ってんだから」

と、桂子は、頭を夫の膝《ひざ》にのせた。

「そうか……」

「そうよ。私が死んでるかもしれないってのにさ。——ひどい人ね」

しかし、桂子の言い方は、怒ってはいなかった。

「自分でも良く分らないんだ」

と、辻原は言った。

「浮気する私の心理が少しは分った?——私、安心しちゃった。これでお互い、弱味ができたわけよ」

辻原は苦笑した。あのときの自分の気持など、桂子には分るまい。

しかし、今は何を言っても仕方ないことだ。ともかく、却《かえ》って少し気が楽になったようだ……。

——容子は、みゆきを抱いて、壁にもたれていた。

「ママ、今、何時？」

とみゆきが訊く。

「さあね。——お腹空《す》いた？　乾パン、もらってあげようか？」

「いらない」

「眠ったら？」

「眠くないよ」

それはそうだ。暗くなったとはいえ、まだせいぜい七時くらいのものだろう。

「来るのかな」

と、みゆきが言った。

「さあね。ともかく、みゆきにはママがついてるからね。何が来たって、ママがやっつけちゃう」

「パパをやっつけるみたいに？」

「いやあね、何よ」

聞いていたらしい、他の人たちが一斉に笑った。容子は真赤になった。

夜が、少しずつ目を開きつつあった……。

もう何時間、たったろう？

辻原は、頭を振った。——疲れているせいか、つい眠くなる。

そんなに長い時間、人間は緊張していられるものではないのだ。

「——遅いな」

と誰かが言った。

「来ないのかしら」

と桂子が呟く。

「そうならありがたいがね」

「——まだ朝にならない？」

「せいぜい一時ぐらいだろう」

「そうか……。ああ、眠い」

「眠っていいぞ」

「ねえ、熊って、死んだふりしてると何もしないって言うじゃない」

「あてにしない方がいい。ちょいと引っかかれたって命がないぞ」

「私の魅力でもだめかなあ」

桂子は欠伸をした。

「寝ろよ。何かあったら起こしてやる」

「どうでもいいわ。寝てる内に済みゃ楽でいいし——」

「お前は――」

辻原は、つい笑っていた。

容子の方は、本当にウトウトしていた。

やはり疲れているのだ。みゆきが、容子の胸にもたれて寝ている。

容子は、夢を見ていた。――夫が帰って来る。家も、元の通りになっていた。

みゆきが夫に抱きつく。そして、容子が、夫の腕の中で喘《あえ》いでいる。――何か月ぶりかの交わりで、容子は汗にまみれていた。

ふと目を開くと、辻原の顔が、そこにあった……。

目を開く。――夢か、と思った。

みゆきが起き上っていた。そのせいで目が覚めたのだ。

「どうしたの、みゆき？」

「音がするよ」

「え？」

「音が聞こえる」

居間の中がシンと静まり返った。

「みゆきちゃん、本当かい？」

と辻原が立ち上りながら言った。

「うん。でも――違う音」

「違う音?」

「上の方に……」

みゆきが天井を見上げる。

「空を飛んで来たのかしら」

と、桂子が笑った。

「静かに!」

と中川が言った。「何か、聞こえて来るぞ!」

——しばし、誰もが、息すら押し殺していた。

その音は、まるで遠い雷鳴のようだった。そして少しずつ近づいて来る。

誰もが、口を開かなかった。口に出せば消えてしまいそうな気がした。

「ねえ!」

と桂子が言った。「ヘリコプターじゃない?」

「そうだ!」

辻原が叫ぶように言った。「ヘリコプターだぞ!」

「助かった!」

「助けが来たんだ!」

一気に、歓声が爆発した。容子はみゆきを抱きしめた。

「中川さん、どうしますか?」

と辻原が訊《き》いた。

「火を。——その板の束の火を持って、外へ出て振りましょう。ここにいては、真っ暗だ。気付かないかもしれない」

「そうか。じゃ、僕が——」

辻原は、火のついた束を、手に取った。音は、近づいて来ていた。

「さあ早く！ 通り過ぎてしまわない内に——」

と中川が言った。

「ええ」

辻原は、居間から庭へ降りようとした。

そのとき、外にぶら下げておいた、ヤカンが音をたてた。

誰もが、動きを止めた。再び、ヤカンが音をたてた。

「——来たぞ」

「こんなときに！」

中川は立ち上った。辻原が振り向く。

「どうします？」

「今行ったら危い！」

「しかし、ヘリコプターが通り過ぎてしまいますよ！」

「ともかく、出て行けばやられますよ」

「ここにいろ、と？——そんな！」

「私が行きます」

中川が手をのばした。

ヘリコプターの音が、頭上へとさしかかって来た。

「ああ——」

と桂子が祈るように言った。「止って！　止って！」

突然、辻原は、庭へ飛び降りた。

「辻原さん！」

中川の呼ぶ声が、すでに背後にある。辻原は、彼自身、驚いていた。

しかし、足は止らなかった。道へ飛び出すと、夜空へ向って、思い切り、火を振った。

どれくらい上空なのだろう？

音はゆっくりと通り過ぎて行く。

「おーい！　ここだ！　ここだ！」

聞こえるはずはなかったが、叫びながら、もっと道の中央に出て行った。

ヘリコプターの音は、気のせいか、ゆっくりと旋回してくるようだった。

辻原はふと、何かの気配に気付いた。——そこに、あいつがいた。

三メートルほどの距離だった。

黒々とした、巨大な岩のような巨体である。赤い目が、じっと辻原を見据えていた。

辻原は、体中が凍りつくような気がした。——これで終りか、と思った。

こいつの一撃で、手や足の一本は吹っ飛ぶだろう。どうせなら、一発で頼むぜ。

だが、相手は動かなかった。

辻原は、赤い目が、無表情にこっちを眺めているのを、じっと見返した。それは、唸《うな》っていなかった。まだ、殺す気はないのかもしれない。

「——辻原さん！　戻って！」

中川の声がした。居間の端から呼んでいるのだ。まさか辻原が「お見合」の最中とは思うまい。

「辻原さん！　早く！」

容子の声だった。

辻原は、歩き出した。走ったのではない。ごく普通に、歩いていたのである。

走れば、やられそうな気がした。

振り向かなかった。——背後から、追って来るだろうか？

壊れた垣根を越え、庭を通り、居間へ近づくと、中川の顔が見えた。

「良かった！——大丈夫ですか？」

「後ろに——」

「え？」

「後ろに、いませんか？」

「いや、何も」

辻原は振り向いた。そこには、何もいなかった……。

上り込むと、辻原はペタンとその場に座り込んでしまった。

「辻原さん。——どうしたんですか？」

容子が寄って来て、びっくりした。

辻原は、全身から汗が吹き出すのを感じた。

「いや——大丈夫です」

「でも——」

「目の前にいたんですよ」

「まあ」

容子は、そう言って、辻原の傍に座った。

「でも、よく無事で……」

「ああ、そうだ。ヘリコプターは……」

「飛んで行ってしまったようですわ」

「そうか。——役に立ちませんでしたね」

「そんなこと……。辻原さんって勇気がある方だと話していましたのよ」

「この冷汗でもですか」

辻原は額を拭《ぬぐ》った。

「私ならきっと動けませんわ」

「どうかな。人間、いざとなるとどうなるか。分らないもんですよ」

と、辻原は言った。

「ちょっと」

と、桂子が割って入った。「これは私の主人ですからね。あんまりそばに寄らないでちょうだい」

「はいはい」

と、容子は微笑みながら首をすぼめた。

「ママ、来たよ」

と、みゆきが言った。

垣根が壊れる音がした。——暗い庭に、黒い塊が、ゆっくりと動いた。

容子が、みゆきを抱き寄せ、バラバラにした椅子の足をつかんだ。——居間が静まり返った。

辻原は、桂子を後ろへやった。中川が、少し退《さ》がって、プロパンガスのホースを手に取った。

「——奥さん」

「はい、いつでも」

と、あの主婦が答える。

しっかりした声だった。

赤い目が、さっきと違う光を見せている、と辻原は思った。低い唸り声が、家をも揺さぶるようだった。

今度こそ、ただでは済まない。辻原は、息を呑《の》んだ。

それは、ゆっくりと近づいて来た。

赤く光る目が、無気味だった。そして、近づいて来ると、わずかな光の中にも、その巨大さは、誰もが呆気《あつけ》に取られるほどだった。

前肢《まえあし》が居間のへりにかかった。

「叩《たた》いて!」

と中川が叫んだ。

容子や、辻原、それに他のケガ人たちも、一斉に、手にした棒きれで、ヤカンや鍋《なべ》を力一杯叩いた。耳をつんざくような音が一度に破裂した。

それは、ギョッとしたように頭を上げ、クルリと振り向いて、駆けて行った。ザザッと音がして、また垣根を壊して行ったらしい。

「――やった!」

と誰かが叫んだ。

「追い返したわ」

「逃げてったぞ!」

歓声が上った。もう一度、鍋やヤカンが派手に鳴った。

「――ともかく一度は撃退した」

中川が、明るい声で言った。

「また来ますかね」

「そう思っていた方がいいでしょうね。しかし、少しは様子を見るでしょうが」

――誰もが、ホッと息をついた。

16　夜明け前

「ずいぶんびっくりしたのかなあ」

と、辻原は言った。

「もう二時間ぐらいはたつ？」

と、桂子が訊《き》いた。

「たぶんね。つまり、三時ぐらいにはなっているはずだ」

「じゃ、もう一、二時間で夜が明けるのね」

「ああ」

――何とかなるかもしれない。

居間の中は、どことなく、活気づいていた。

「今度来たら、頭にこのバケツをかぶせてやろう」

と誰かが言った。

笑い声が起る。――容子は、みゆきを抱いて、壁にもたれていた。

みゆきが、身動きした。眠ってはいるのだが、眠りが浅いのだろう。

「さっきのヘリコプター、どうしたのかしら？」

と桂子が言った。

「さあね。ちょっと停止していたようでもあるけどね」

「明るくなってから、調べに来るつもりかしら？」

「そうだといいね」

辻原は横になった。

「眠るの？」

「いや、疲れただけさ」

桂子が、辻原にぴったりくっつくようにして寝そべった。

「――ねえ」

「何だ？」

「川尻さんの奥さん、どうだった？　良かった？」

「やめろよ」

辻原は、うんざりしたように言った。

「だって気になるんだもの」

「助かってからにしてくれよ、そんなグチは」

「グチじゃないわ。純粋な興味で訊いてるのよ」

「しかし――」

「ねえ……」

——容子は、辻原と桂子の会話の断片を耳にしていた。

桂子は知っているのだ。しかし、容子には少なくともやましい思いはない。あのときには、ああなるしかなかったのだ。

ともかく、ここから生きのびて出られたら、何もかも忘れてしまうに違いない。

容子は、目を閉じた。

ふと、後ろから押されるような圧迫を感じた。——何だろう？

気のせいかしら？——いや、そうではない。

壁が少しふくらんで来ている。どうしたのだろう？

「みゆき、起きて」

と、容子は言った。

みゆきは、ウーンと声を上げて、そのまま眠ってしまった。容子は、みゆきを抱いて、壁から離れた。

「——辻原さん」

と声をかける。

「どうしました？」

「何だか変です」

「何が？」

「壁が押されるみたいで――」

と、容子が言いかけたとき、ズンという響きが部屋を揺るがした。

たった今まで、容子がもたれかかっていた壁が、メリメリと音をたてて裂かれた。――

啞然《あぜん》として、みんなその凄《すご》い力に見入っている。

壁を、まるで砂の城か何かのように、それは崩し、引き裂いて現われた。

赤い目は、もう殺意を思わせる火に満ちて居間の中を見回した。

グオーッという、苛立《いらだ》つような声が、聞く者の腹の底にまで食い込んで来る。

「――奥さん、ガスを！」

やっと、中川が叫んだ。

あまりに突然のことで、誰もが呆然《ぼうぜん》としていた。それは、ゆっくりと居間の中へと進んで来た。

薄暗い中で、その小山のような巨体が一層大きく感じられた。

「ガスの栓をひねって！」

中川がもう一度叫んだ。

シューッと、ガスが流れ出す音がした。――そんなもので、この化物が退散するだろうか？

辻原さえも、絶望的な気分になっていた。どうせむだなことだ。――みんな、死んでしまうのだ。

中川が、それの方へと進み出た。一撃されれば、おそらく命はあるまい。だが、中川はためらわなかった。

だが——嗅覚《きゆうかく》の鋭い野獣は、想像以上にガスの匂いに敏感に反応した。

激しく頭を振ると、後ずさった。——逃げている。逃げようとしている。

中川は、前へ進み出て、「敵」に迫った。

何かが裂けるような、凄い唸《うな》り声を発して、それが頭を振った。残っていた机の一つが、その頭に当って、砕けた。

化物のガス中毒か、と、こんなときに辻原は呑気《のんき》なことを考えていた。

——突然、それが立ち上った。

後ろ肢《あし》で、立ったのである。部屋を満たすような大きさだった。天井に頭がぶつかって、メリメリと音をたてた。部屋全体が、揺らいだ。

「危い！」

辻原は、怪物の真正面にいた中川へ抱きついて、一緒に床へ転がった。

前肢が空を切って、今まで中川のいた空間を走った。まともにくらえば、中川は確実に死んでいただろう。

苛立った獣の前肢が、壁をえぐり取って、板を引き裂いた。プロパンガスのボンベが、そのあおりを食らって転がった。

そのボンベを、前肢で弾《はじ》き飛ばすと、怪物は再び四肢をおろして、一気に居間を駆け抜け、庭へ飛び出して行った。

——しばらく、誰も動かなかった。

重苦しい沈黙の中に、みんなの押し殺した息づかいが聞えていた。そして、シューッという ガスの音——。

「ママ、くさいよ」

と、みゆきが言った。

容子はハッと我に返った。

「辻原さん！　ガスを止めないと——」

「そうか！」

辻原が転がっているボンベに飛びついて、栓をひねった。

「火を高く上げておいて下さい」

と、辻原は言った。「プロパンガスは下にたまるから、引火する。——西野さん」

火のついた板きれの束は、床に落ちて、小さく燃えていた。容子が駆け寄って、拾い上げる。

「今のは——」

と誰かが言った。「今のは夢か？」

「あんなに凄いなんて……」

また、しばらく沈黙がやって来た。

「しかし、ともかく今度も追い払いましたよ……」

中川が、激しく息をつきながら、言った。

「また来るかしら？」

と桂子がやっと起き上って、言った。

ずっと、小さくなって、うずくまっていたのである。

「分らないよ。——ともかく、朝までにそう時間はないはずだが」

「あれは……熊なのかしら？」

と、桂子が言った。

「さあ。たぶんそうだろう。ともかく、馬鹿でかいけど……」

——実際のところ、みんなが目にしたのは、小さな火の放つ、わずかな光の中、黒々とした岩のような体と、赤い燃えるような光を湛《たた》えた目だけだった。

ただの「熊」と呼ぶには、それはあまりにも生々しい存在だった。動物園の檻《おり》の中か、でなければTVのブラウン管にしか出て来ないはずの、「猛獣」が、目の前を、通って行ったのである。

「ガスはかなりきくようですね」

と、中川が言った。「まずは成功だった」

「中川さん、それにしても大胆でしたね。びっくりしました」

「何が何だか分りませんでしたよ」

と、中川はちょっと照れたように言った。

「そういえば、辻原さんにはお礼を言わなきゃ」

「とんでもありません！　まるで逆じゃありませんか。僕はただ――」

辻原は、膝《ひざ》に触れる手に気付いて、振り向いた。容子だった。

「どうしました？」

「あの――西野さんが」

容子の顔は、こわばっていた。

中川と辻原は、床に突っ伏している西野早苗の方へと駆け寄った。

「何だか変だと思ってそばへ行ってみたんです。そしたら……」

容子の声は小さく震えて消えた。

中川は、そっと早苗の体を起こした。――口から血を吐いて、もう息が絶えているのは、一目で分った。

「何てことだ……」

中川は呟《つぶや》いた。

「ボンベだ」

と、辻原は言った。「あいつがはね飛ばしたボンベが当ったんですよ。――凄い勢いだし、あの重さですからね……」

中川は頭を垂れた。

何ということだ。もう決して他の者は死なせまいと思ったのに！

「亡くなったんですか」

と、一人が訊《き》いた。

無言の答えが、すすり泣きの声を呼び起こした。

「いい人だったのに……」

容子も、涙声になっていた。

「ママ」

とみゆきが、容子の手を握りしめた。「来たよ」

庭の暗がりに、赤い二つの目が動いていた。唸り声もない代りに、今度はほとんど物音をたてなかった。

ただ歩いているのではない。襲いかかるべく、待機しているのだと、容子にも分った。

なぜ分ったのだろう？　おそらく、生き物同士の、気配というものに違いない。

「どうします、中川さん？」

辻原が、ガスのゴム管を拾い上げながら、言った。

だが、中川は、聞いていなかった。——相手は馬鹿ではない。もう、二度と同じ手で撃退することはできないだろう。

エサがほしいのか。——それならくれてやる。

中川は手をのばして、手製の「槍《やり》」を拾った。椅子の足にくりつけた、鋭いガラスの破片が、わずかな光に、キラリと輝いた。

「中川さん、どうするんです?」

辻原が言った。

「これを――」

中川は、ライターをポケットから出すと、辻原の手に押しつけた。「持っていて下さい」

「火」を、次の者へと引き継いで、中川は、庭の方へと進んで行った。

「中川さん、何を――」

と容子が叫んだ。

そのとき、中川は庭へ飛び降りていた。

カーッという威嚇の唸りと共に、真赤な口が目の前に開いた。地獄の火が中で燃えているかと思うばかりだった。

「さあ来い……。もう少しこっちへ来い」

中川は、槍を構えて、じっと、それと対した。

――静かだ、と思った。

何もかもが、夢のようだ。静かで、穏やかな夜だった。

そうだ。これは夢に過ぎないのかもしれない。――生も死も、長い長い星の時間の中では、小さなシャボン玉の破裂のようなものでしかない。

どうしてこんなものを、今まで俺は恐れていたのだろう?

こんなに簡単なものなのだ。呆気《あっけ》ないくらいに。――そうだ。女房ですら、「死」を静かに迎えた。

あの無器用な女房が。――俺にできないはずはない。

死は、遠くにいるときだけ恐ろしいのだ。目の前に来て初めて、その優しさに気付くのだ。

中川は、あの名も知らぬ人妻と、ほんのひととき、親しくなったことを、女房へ言い訳しなきゃならないな、と思った。まあ勘弁しろよ。別に、浮気というほどのもんじゃなかったんだからな……。

後で、ゆっくり話してやろう。

死は、目を開いて迫って来た。――あまりにゆっくりで、信じられないようだった。

赤い二つの目は、まるで、わざわざ的になってでもいるかのように、カッと見開かれていた。

中川は槍を振りかざして、ゆっくりとその左の目に当て、力をこめて突き刺した。

それは、巨大なのみのような牙《きば》が、中川の腹を食い破ったのと同時だった。

獣ははね上った。槍が宙に飛び、中川の体も数メートル放り上げられた。

それは狂ったように、突進した。横の塀を突き破り、凄《すさ》まじい叫びと共に遠ざかって行った。

辻原が、庭へ飛び降りた。容子が、火のついた板の束を手に、続いた。

「中川さん！」

辻原は駆け寄って、絶句した。

中川は、血にまみれて、横たわっていた。容子が、短く叫び声を上げた。

「――中川さん」

辻原は、かがみ込んだ。かすかな光に、中川の顔が照らし出される。

瞼《まぶた》が細かく動いて、目を開いた。

「まだ生きてる！　中川さん！」

中川の唇が動いた。

「やりました……。あいつの……目を……やっつけた……」

「しっかりして下さい！　もうすぐ朝に――」

「ここへ……」

「何ですか？」

「戻って……来るかもしれない」

中川は、息の混じった声で、囁《ささや》くように言った。「血の……匂いに……」

「中川さん、しかし――」

「聞いて下さい……」

中川の声は、少し力を取り戻した。「ここへ……あのガスのボンベを……。あいつが来たら、私が……火をつける……」

「そんなことはできませんよ」

「大丈夫……それぐらいは……」

中川は、むせて、喘《あえ》いだ。唇の端から、血が溢《あふ》れ出た。気管に血が流れ込んでいるのだ。

「早く……早く……あいつは戻って来る」

——辻原は、立ち上った。

言われる通りにするしかない。もう中川の命は、消えかかっていた。

辻原は、容子の手を借りて、ボンベを、庭に降ろして来た。

中川のそばまで転がして来ると、中川が、けだるい声を出した。

「細く……出しておいて下さい……」

辻原は、コックを少しひねった。——ヒューッと、笛のような音がして、ゴム管の先から、わずかにガスが洩《も》れ出て来る。

「これでいい……」

中川はボンベに、手をかけた。

「どうやって、火を？」

「ライターは……点《つ》けられません……その火を……」

容子は、火のついた板きれの束を、中川の手に握らせた。

「ガスは低くたまります……。これを下へ落としてやればいい……」

中川は、唇の端の血を、もう一方の手で拭《ぬぐ》った。「みんなを……裏の方にでも……」

「分りました」

「急いで……」

と中川は言った。

それが、辻原の聞いた、中川の最後の言葉だった。

辻原は、容子と二人で、けが人たちを家の裏手へと移し始めた。——さっき、あの獣が壁を破った大きな穴があるので、それを利用して、直接裏手へと出して行った。

さすがに桂子も手伝って、残った人々を運び出す。

みゆきも手伝おうとウロウロしていたが、一向に仕事がないので、一人、ふくれていた。

「中川さんは——」

あの、けがをした主婦が、辻原に肩を預けながら訊いた。

「もう、とても……」

と辻原は言った。「さあ、早く」

ザッ、ザッという音が、辻原の耳に入った。——やって来る。

「来るぞ！　急いで裏へ！」

辻原が叫んだ。

「みゆき！　みゆき！」

容子が呼んだ。「どこなの？　みゆき！」

「ママ、ここだよ」

みゆきが、容子のお尻《しり》をつついた。容子は、みゆきを抱き上げた。

辻原は、壁の穴から、庭の方を見ていた。――足音と共に、怒り狂ったような咆哮《ほうこう》が夜の大気を震わせた。

中川は、大丈夫だろうか。手傷を負っている。

「辻原さん」

容子に呼ばれて、辻原は、建物の裏手に出た。――後は、待つしかない。

中川は、それが、真直ぐにやって来るのを、かすれた視界の中に捉《とら》えていた。来たか。――何とか間に合いそうだ。

苦痛は、もうなかった。呼吸が、できなくなりつつある。意識は薄れかけていたが、まだ、意志の力は、残っていた。

それは怒り狂って、突進して来る。

傷ついた者同士だ、と中川は思った。――長い旅だ。付き合ってもらおうか。

あいつも哀れなもんだ、と思った。

人間から見れば、悪魔でも、あっちにしてみれば、ただ空腹だから、エサを求めて来たに過ぎない。

あいつのせいではないのだ。

どうしてこんなひどい目にあうのか、と怒っているのかもしれない。

仕方ないじゃないか。世の中には、そんなことがよくあるんだよ。

中川は、地響きをたてやって来るそいつに、ふと親しみすら覚えた。——さあ、来い。

これでやっと、眠れる……。

火が、地面に落ちた。

爆発音は、耳を裂くような、鋭い音だった。同時に、雷が落ちたような、叩《たた》きつける響き。

容子はみゆきを抱きしめた。

辻原は頭を伏せた。——何が飛んで来たわけでもないのだが。

しばらく、誰も動かなかった。——こげくさい臭いで、辻原は頭を上げた。

「——火事だよ」

と、みゆきが言った。

バリバリと炎が吹き上げる音がして、居間の方から燃え上っているようだった。

「家から離れるんだ。——焼け落ちるぞ」

辻原は、けが人を一人ずつ、茂みの方へと運び始めた。桂子も、必死だった。

たぶん、何かに必死になったのは、桂子にとって、生涯でも初めてのことだった。

「みゆき！　あそこへ行っといで！」

と、容子が叫んだ。

「でもママ――」

「すぐに行くから！　早く行きなさい！」

「はあい……」

みゆきは、つまらなそうに言った。

――最後の一人を運び終えた辻原は、そのまま地面に膝《ひざ》をついた。

もう、力が残っていなかった。動く気にもなれない。

「凄《すご》い！」

とみゆきが言った。

中川の家は、炎に包まれていた。――周囲は明るく照らし出されている。

吹き上げる炎は、まるで逆さに流れ落ちる光の滝のようだった。

「西野さんはそのままだったわ……」

と容子が呟《つぶや》いた。

家の中央の一角が崩れた。――誰かが叫び声を上げた。

そこに、あれがいた。その黒い体も、今は火に包まれていた。ただ一方の赤い目だけが、異様にくっきりと見えていた。

「――まだ生きてる」

辻原が、うわごとのように呟いた。

口を開いた。真赤な口が、牙《きば》を見せて、苦しげな咆哮を絞り出す。

突然、家が崩れた。炎の重層が、その巨大な獣の上に、折り重なって、やがて、何も見えなくなった。

――まだしばらく、火はおさまらなかった。

「生きのびたのね」

と桂子がポツリと言った。

「ああ」

辻原は、地面に座り込んで、焼け落ちて、まだ燃え続ける家を眺めていた。

「――あそこから、また出て来るんじゃない？」

「もう大丈夫だ」

と辻原は言った。

容子は、みゆきを、膝に乗せていた。みゆきはいつの間にか、眠っている。

桂子は、辻原の腕に、もたれかかった。

「ねえ……」

「何だ？」

「疲れたわ」

「僕だってさ」

「寝てもいい？」

「ああ。寝心地は良くないぞ」

「いいわよ。我慢する」

と、桂子は、夫の膝に頭をのせた。「――生きてて良かったわ」

「そうだな」

辻原は肯《うなず》いて、「そうだな」

と、もう一度言った。

「――辻原さん」

と容子が言った。

「何です？」

「夜が明けたんですね」

――そうだった。辻原も、そう言われて気が付いた。

明るいのは、火事のせいかと思っていた。

空を見上げると、そこは少し青みがかった灰色の、朝まだきの色に染っていた。

――長い夜だったな、と辻原は思った。


「ママ、遊んでていい？」

とみゆきが言った。

「遠くへ行かないでね」

と、容子は言った。

「はあい」

みゆきは、駆け出して行った。

「子供ってすばらしいですね」

辻原が言った。

二人は、町の外れに来ていた。

あの怪物は死んでも、まだ救われたわけではない。特に、中川の家が焼けてしまった今、いる場所がないのだ。

二人は、どこか一部屋でも使える家はないかと捜し歩いて、ここまで来てしまったのである。

みゆきが、落ちた橋の方へ行くのを見て、容子は、

「あんまり近くへ行っちゃだめよ！」

と叫んだ。「——おてんばで、困ります」

「いいじゃありませんか」

と、辻原は笑った。「みゆきちゃんのおかげで、ずいぶん救われましたよ」

「そう言っていただくと……。でも、私たちを救ったのは、中川さんや西野さんですわ」

辻原は肯いた。

「あの人たちのためにも、何とか救援が来るまで頑張らないと」

「そうですね」

「——ご主人は海外でしたね」

「ええ。船乗りですから」

「じゃ、大丈夫だ。生きていると知ったら、大喜びですよ」

「そうだといいんですけど。結構がっかりしたりして——」

辻原は笑って、

「いや、あなたがそんな冗談を言うなんて」

「あら、私だって若いんですもの。冗談の一つくらい」

と言いながら、容子も笑った。

「やっぱりね！」

と、声がした。

桂子である。キッと眉《まゆ》をつり上げて、やって来る。

「何だ、どうした？」

「二人っきりになって、何を話してたの！」

と、かみつきそうな声を出す。

「話をしてただけじゃないか」

「あの、私たち、ただみゆきのことを——」

「そうだよ。子供は可愛いって話してただけだ」

「子供が何よ！」

と、桂子は食ってかかった。「私だって三人や四人、生んでやるわよ！」

「おい、桂子――」

「私だけが浮気してるんじゃないんだからね！　あなただって――」

「やめろよ、おい」

「やめるもんですか！　この――」

容子が困り果てていると、いつの間にやら、みゆきが戻って来て、辻原たちの喧嘩《けんか》を眺めている。

「あら、みゆき、遊ばないの？」

辻原と桂子が、あわてて口をつぐんだ。

「どうしてケンカしてるの？」

「してないわよ。ただお話してただけ」

と、桂子がごまかす。

「ふーん」

みゆきが、何となく納得できない顔で言って、「ね、ママ」

「何？」

「呼んでるよ」

「誰が？」

「橋の向こうで。男の人がね。誰か大人を呼んで来て、って。――どうしてみゆきじゃいけないのかな」

みゆきは不服そうに言った。

解説

山前　譲

先日所用で福岡市に一週間ほど滞在した折、長崎県島原《しまばら》半島の中央部に広がる雲仙《うんぜん》温泉郷で震度Ｖを含む群発地震の発生が話題になっていて、今更に地震国日本を痛感させられる事があった。昭和四十年に始まり、昭和四十四年末までに震度Ｖ九回など六万余個の有感地震を観測した長野市松代《まつしろ》の群発地震は、もうかなり昔の事で記憶が薄れたかもしれないが、仙台《せんだい》市で震度Ｖを記録した昭和五十三年六月の宮城県沖地震や、津波で多数の死者を出した昭和五十八年五月の日本海中部地震などは、まだ記憶に新しいところである。そしてここのところは沈静化したが、すぐにでも発生しておかしくないと言われて物議を醸し出した東海地震は、素人玄人問わず議論が白熱していたようであるし、大正十二年（一九二三）の関東大震災以来六十年経た最近は、過去に東京（江戸《えど》）を襲った大地震の発生周期から、近々東京が大地震に見舞われる可能性がそこかしこで語られ、住んでいるのが恐ろしくなるほどである。

何故このような話を冒頭に述べたかと言えば、この赤川次郎《あかがわじろう》氏の長編サスペンス「夜《よる》」では、大地震によって唯一の通行路である橋が破壊され、孤立してしまった山の中の十五軒の建売住宅に住む人々で形成された〈町〉が、舞台となっているからである。これがけっして絵空事では無く、現実に最近の雲仙温泉郷の群発地震によってがけ崩れや河川護岸崩壊が起きている事実からも、ごく近い将来に起り得る設定であることは言うまでもない。「夜」は、こうした現実的発端から、電気の供給が断たれ家を破壊された住民達が死と闘っていく姿を描いた、パニック・サスペンスである。

初刊本の「作者のことば」を借りれば〝この小説の主役は、地震で孤立した一握りの人々を取囲む暗闇〟だが、地震でほとんどの家が崩壊してしまったその一握りの人々は、被害の少なかった、六十歳近い町長格の中川の家へ集る。船員の夫が航海中で一人娘のみゆきと暮す川尻容子。みゆきの友達のチカとその母小山好江。おとなしい夫に飽き足らなくセールスマンと浮気をしてしまう辻原桂子とその夫の道夫。「婦人会長」とニックネームをつけられている西野早苗など……。いつもは近くに住んでいながらあまりコミュニケーションの無かった人々は、外と連絡の取れなくなった〈町〉の中で、ラジオさえ無い真っ暗な夜をいっしょに過ごさなければならなかった。その最中の殺人、情事……。

だが、住民は手をこまぬいているばかりではない。中川の指導の元に、救援が来るまでの生活を確立していく。そんな落着きの無い中でも、小学生の川尻みゆきが、子供らしい天真らんまんな性格で、不安感が重く澱《よど》んでいる大人達を明るくさせているのが、救いとなっている。

けれども数日経っても救援の姿は無い。救援を求めて住民は山越えを目指すが、それも徒労に終る。食糧も尽きかけ絶望感の漂う中、それまでおぼろげだった闇の中に忍び寄る敵の出現によって、彼らはさらに結束されていく。

地震がこの小説の前半の核とすれば、後半のそれは謎の猛獣である。〝小山のような巨体〟に〝真赤に燃えるような目〟と〝鎌のような爪〟を持ち、〝とてつもなく大きな足跡〟を残して〝怒り狂ったような咆哮《ほうこう》が夜の大気を震わ〟せる猛獣と人間との生死を賭《か》けた闘い。暗闇の中人間を襲ってくる猛獣に、武器らしい武器を一つも持たず、人々は自己犠牲もいとわず果敢に挑む。

この猛獣の正体については、作者ははっきりと書いていないが、それがまたいっそう効果的な登場となっている。このような謎の動物を登場させた他の作品としてすぐ思い付くのは、第十回江戸川乱歩《えどがわらんぽ》賞を「蟻《あり》の木《き》の下《した》で」（昭39）で受賞した西東登《さいとうのぼる》氏の諸作である。西東氏は数々の動物が登場する推理小説を書いているが、特に〈動物推理シリーズ〉として刊行された「幻《まぼろし》の獣《けもの》事件」（昭49）と「謎《なぞ》の野獣《やじゅう》事件」（昭49）の二作は、ともに正体不明の獣が中心となって事件が発生する趣向になっている。しかしながら、残念な事に西東氏が昭和五十五年に亡くなられたので、最近は動物を扱った推理小説が少なくなっている。また、西村寿行《にしむらじゅこう》氏が「滅《ほろ》びの笛《ふえ》」（昭51）とその続編「滅びの宴《うたげ》」（昭55）で鼠を、「蒼茫《そうぼう》の大地《だいち》、滅ぶ」（昭53）でイナゴを登場させてパニック小説を書いている。

ところで、元来この「夜」に見られるような、交通の断たれた場所に閉じ込められるという設定は、本格推理小説によく用いられ、閉鎖された場所の限られた人々の中で殺人が起り、それを名探偵が解決するパターンで、古今東西の作家が手掛けている。例えば、最近刊行された井上《いのうえ》ひさし氏の「四捨五入殺人事件《ししゃごにゅうさつじんじけん》」(昭59)も、川の増水で温泉街へ通じる橋が流され、孤立したその街の中で事件が起るという舞台設定の推理小説である。一方、赤川氏のこの作品は、閉鎖された場所に謎の猛獣を登場させてパニック小説に仕立て、この設定をうまく使っている。

「夜」は、昭和五十八年二月号から六月号まで『野性時代《やせいじだい》』に連載され、同年六月にカドカワノベルズの一冊として刊行された。従って、まだ一年と数か月しか経っていないうちに、早くも文庫化されたわけである。

この「夜」というタイトルは、たった漢字一文字で小説の内容を端的に表現しているが、一文字タイトルは赤川氏には珍しい。他に「毒」(昭56)、というオムニバス長編があるが、何故かこれは「ポイズン　毒《どく》　POISON」という長いタイトルで呼ばれているようなので、今のところ「夜」が短編を含めて唯一の一文字タイトルの作品と言って良いだろう。かつて水上勉《みずかみつとむ》氏が「耳《みみ》」(昭35)や「爪《つめ》」(昭35)、あるいは「眼《め》」(昭37)といった長編推理小説を発表しているが、推理小説のタイトルが一文字というのは長編では少ない。

また、これまで比較的都会を舞台にする事が多かった赤川作品であるが、「夜」は都心から離れた山の中が舞台とあって、川尻親子と辻原夫妻が救援を求めて(結局失敗するのだが)山中をさまよい歩く場面などで自然に目が向けられているのも、この作品の特徴として挙げられるだろう。

ここ数年の赤川氏の執筆量には驚かされるが、「夜」が連載された前後の赤川氏の執筆状況を『野性時代』に限ってみても、昭和五十八年一月号に長編「殺人《さつじん》よ、こんにちは」を一挙発表。本作をはさんで七月号からは、「愛情物語《あいじょうものがたり》」と改題されつい最近映画化された「カーテン・コール」を連載するといったように、旺盛《おうせい》な様子がうかがえる。こんなふうに絶えることなく新作を発表しているところに、赤川ファンは何時でも好きな作家の小説を読むことができるという、ある意味でファン冥利《みょうり》に尽きるところがあるのではないだろうか。

「夜」も、パニックサスペンスとはいえ随所に赤川氏らしいユーモアの味付けも忘れられず加えられていて、氏のファンとしてはまたまた楽しめる一冊が文庫化されたと言えよう。

本書は、平成九年六月、小社より刊行された角川ホラー文庫を改版したものです。

なお、この作品はフィクションであり、登場する人物・団体等はすべて架空のものです。

夜《よる》

赤川次郎《あかがわじろう》

昭和59年 11月25日　初版発行
平成30年 9月25日　改版初版発行
令和6年 5月30日　改版3版発行

発行者●山下直久

発行●株式会社KADOKAWA
〒102-8177　東京都千代田区富士見2-13-3
電話　0570-002-301（ナビダイヤル）

角川文庫 21149

印刷所●株式会社KADOKAWA
製本所●株式会社KADOKAWA

表紙画●和田三造

ISBN 978-4-04-106589-1　C0193

角川文庫発刊に際して

角川源義

第二次世界大戦の敗北は、軍事力の敗北であった以上に、私たちの若い文化力の敗退であった。私たちの文化が戦争に対して如何に無力であり、単なるあだ花に過ぎなかったかを、私たちは身を以て体験し痛感した。西洋近代文化の摂取にとって、明治以後八十年の歳月は決して短かすぎたとは言えない。にもかかわらず、近代文化の伝統を確立し、自由な批判と柔軟な良識に富む文化層として自らを形成することに私たちは失敗して来た。そしてこれは、各層への文化の普及滲透を任務とする出版人の責任でもあった。

一九四五年以来、私たちは再び振出しに戻り、第一歩から踏み出すことを余儀なくされた。これは大きな不幸ではあるが、反面、これまでの混沌・未熟・歪曲の中にあった我が国の文化に秩序と確たる基礎を齎らすためには絶好の機会でもある。角川書店は、このような祖国の文化的危機にあたり、微力をも顧みず再建の礎石たるべき抱負と決意とをもって出発したが、ここに創立以来の念願を果すべく角川文庫を発刊する。これまで刊行されたあらゆる全集叢書文庫類の長所と短所とを検討し、古今東西の不朽の典籍を、良心的編集のもとに、廉価に、そして書架にふさわしい美本として、多くのひとびとに提供しようとする。しかし私たちは徒らに百科全書的な知識のジレッタントを作ることを目的とせず、あくまで祖国の文化に秩序と再建への道を示し、この文庫を角川書店の栄ある事業として、今後永久に継続発展せしめ、学芸と教養との殿堂として大成せんことを期したい。多くの読書子の愛情ある忠言と支持とによって、この希望と抱負とを完遂せしめられんことを願う。

一九四九年五月三日